HEYNE
BÜCHER

ANNETTE KAST-RIEDLINGER

VON NUN AN BITTE OHNE MICH

Roman

WILHELM HEYNE VERLAG
MÜNCHEN

HEYNE ALLGEMEINE REIHE
Nr. 01/8353

All meinen Lieben

4. Auflage

Lizenzausgabe mit Genehmigung
des Franz Schneekluth Verlages
Wilhelm Heyne Verlag GmbH & Co. KG, München
Printed in Germany 1992
Umschlagillustration: Ossi Küfner
Umschlaggestaltung: Atelier Ingrid Schütz, München
Gesamtherstellung: Elsnerdruck, Berlin

ISBN 3-453-05282-X

Michael hat eine Freundin. Sie ist etwa einen Kopf kleiner als er, hat halblanges rotblondes (schätzungsweise getöntes) Haar, blaue Augen und trägt ihre Fingernägel recht lang. Woher ich das weiß, und ob ich sie gesehen habe? Ob ich mir das nicht alles bloß einrede? Und wo, bitte, die Beweise seien?

Ha, Michael, ich werde dich nicht schluchzend zur Rede stellen, werde mir nicht deine Ausflüchte, Lügen und Beteuerungen anhören! Für mich ist es ein Fait accompli. Und in meiner Beweiskette fehlt nur noch das eine: das zweite Corpus delicti. Denn daß dein Corpus das erste ist, darüber brauchen wir uns gar nicht zu unterhalten.

Aber wer ist sie? – Das werde ich demnächst auch noch herausfinden. Und wenn es soweit ist, werde ich unverzüglich zur Tat schreiten.

Nennen wir sie Dulcibella, Süßschönchen, denn die beiden Eigenschaften muß sie ja wohl haben, da es ihr gelungen ist, Michael aus seiner Lethargie zu entfesseln, ihn zu veranlassen, zweimal wöchentlich am Abend ins Body-Center oder zum Squash zu gehen, statt wie seit Jahrhunderten weiterhin allabendlich vor der Glotze zu versteinern – gewissermaßen als Prototyp des aufopferungsbereiten, total verausgabten Familienvaters.

Um seine Fitness zu steigern, hätte es ja schon genügt, wenn er während der beiden Jahrzehnte unserer Ehe die Flaschen,

deren Inhalt er durch seinen nimmersatten Schlund fließen ließ, selbst aus dem Keller geholt und dorthin wieder zurückgetragen hätte. Auch das Arbeiten im Garten hätte ihm während der letzten vierzehn Jahre, seit wir einen Garten besitzen, ein nicht zu verachtendes Training verschaffen können, aber Michael ist ganz Mann, und Gartenarbeit kann ein Diplomingenieur (FH) ja schließlich nur dann bewältigen, wenn ihm ein motorisiertes Gerät zur Verfügung steht. Und wir haben halt nur einen einfachen Rasenmäher.
Du meine Güte, was für poplige Argumente! Darauf kann auch nur eine frustrierte Hausfrau mit Emanzipationskomplex und täglich wachsendem Männerhaß kommen. Aber es ist doch wahr. Gartenarbeit ist was für Rentner oder Spießer (Hausfrauen werden traditionell verschwiegen, da es bei ihnen ja immer ein Nebenher ist und nicht etwa ein Fulltime-Job oder das Alleinhobby), also für Rentner und Spießer, die sich freuen, wenn sie dank zahlreicher chemischer Wachstumskeulen mit ihren Riesenrettichen die des Nachbarn in nachtschwarzen Schatten stellen können und gleichzeitig die Gelegenheit haben, ihre Hosen aufzutragen, die noch ›pfenniggut‹ sind, aber in der Fasson etwas veraltet.
Nein, bevor man im Fitness-Center das kleinste Müskelchen bewegt, braucht *mann* erst mal eine superexklusive Sportausrüstung, bei deren Preis der Trainingswillige sich überhaupt keine Gedanken macht – ganz im Gegensatz zur Anschaffung eines einigermaßen akzeptablen Kleides ›für gut‹, das heißt für Betriebsfeiern und andere erhabene Repräsentationspflichten, das seine Frau wieder einmal braucht, nachdem das alte mit Schleifchen, Blumen, Tüchern jahrelang alle erdenklichen Verwandlungsspiele hat über sich ergehen lassen müssen und jetzt sämtliche Möglichkeiten hoffnungslos ausgereizt sind.

Nun, der Mann steht im Leben. Das rechtfertigt alles. Zumindest für andere Männer (und leider allzu häufig auch deren Mütter). Wo aber stehe ich? Bin ich scheintot? Befinde ich mich im Wartezimmer zum Leichenschauhaus?
Eigentlich könnte ich mich glücklich schätzen. Immerhin verfüge ich über eine robuste Psyche. Wenn der Punkt eintritt, an dem Frauen in Romanen und Filmen zusammenbrechen, wenn sie den Demütigungen und Ungerechtigkeiten mittels einer Überdosis Schlaftabletten zu entrinnen suchen, dann erwacht bei mir der Trotz. Und der macht mich ungeheuer stark und leistungsfähig.
Momentan steht der Punkt nahe bevor. Die Vorbereitungen zu ›Amanda schlägt zu‹ laufen auf Hochtouren.
Aber zurück zur Ursache: Michael hat eine Freundin.
Na und, das gibt's mal, werden die meisten seiner Geschlechtskollegen argumentieren und sich dabei wohlig oder eher mit gemischten Gefühlen an ihre eigenen Abenteuer erinnern. Das kommt in den besten Familien vor.
Ganz offen gestanden, hatte ich auch nie die Absicht, mich beim großen Bundeswettbewerb ›Die beste Familie‹ zu beteiligen. Er kann ja ruhig eine Freundin haben. Ich weiß bloß nicht, warum ich ihm weiterhin die Socken waschen und stopfen sollte (ja, und pediküren läßt er sich auch von mir. Aber das sah ich ja bislang ein, denn sonst hätte ich noch mehr Socken stopfen müssen, die er mit seinen Schaufelnägeln zu durchbohren beliebte).
Ich weiß, daß ich die vorletzte Hausfrau bin, die ihrem Mann die Socken stopft. Die meisten Leute werfen ihre Socken weg, wenn sie kaputt sind, die meisten Leute benützen heutzutage auch Papiertaschentücher. Nicht jedoch Michael. Der möchte gewaschene und gebügelte Stofftaschentücher und handgestrickte Socken. Da ist er sehr heikel. Und da ich

schon nicht willens bin, ihm neue Socken zu stricken (irgendein Indiz ihrer Unentbehrlichkeit möchte ich ja ›Oma‹ auch noch lassen), stopfe ich sie wenigstens.
Doch eben seine Socken, solche, die er zum x-ten Mal mit seinen so männlichen ›Großen Onkeln‹ durchlöchert hatte, lieferten mir das beredte Zeugnis seiner Beziehung zu einem rotblonden Wesen, die jetzt bereits zwei Monate andauert.
Was nämlich muß ich schließen, wenn im Inneren einer Socke Haare haften? Daß der Träger die Socke ausgezogen hatte, barfuß auf einem außerhäuslichen Boden herumgetappt ist (ins Bordell geht er also nicht, da lassen die Kunden die Socken an, hab ich mal gelesen, damit es schneller geht. Sie können sogar die Schuhe anlassen, weswegen am Fußende des Profi-Möbelstücks ein praktisches, abwaschbares Gummituch liegt), im Schweiße seines Fußes ein paar Haare aufgelesen hat und diese beim erneuten Anziehen in die Socke transportierte. Das ist kein Beweis. Ich weiß. Wenn allerdings derselbe Haartyp über Wochen hinweg mehrmals in Socken und gelegentlich auf dem Jackett auftaucht, ist das doch zumindest sehr verdächtig.
Aber ich habe noch weitere Indizien aufgespürt: mittelblaue Schmutzspuren auf zwei Hemdenkragen. Wimperntusche. Daraus schließe ich, daß Dulcibella blaue Augen hat und etwa einen Kopf kleiner ist als Michael. Ich stelle mir vor, wie sie zu ihm aufblickt und sich dann an seine Schultern schmiegt, während die Abschiedstränen ihre Wimperntusche auflösen. Warum nimmt sie eigentlich keine wasserfeste? Gibt's bei ihr normalerweise nichts zu heulen? Oder ist Dulcibella so abgefeimt, daß sie es darauf anlegt, Michaels lästige Frau solle dahinterkommen, den Guten verstoßen und in ihre Arme treiben? Das kann sie haben…
Gestern nachmittag war ich bei meiner Freundin, Läster-

komplizin und Nachbarin Andrea. Und weil ich gerade vor Zorn und Entschlußfreude am Überschäumen war, brachte ich das Thema zur Sprache, obwohl Doris dabeisaß.
Doris ist eine nette Bekannte aus der Nachbarschaft, die sich bei uns häufig ausspricht und Trost sucht, die ich aber deswegen noch lange nicht als Freundin bezeichnen kann. Sie ist jedoch so bescheuert dran, daß sie sogar mir leid tut. Sie hat im zweiten Semester ihres Psychologiestudiums einen Kommilitonen kennengelernt, der sie dazu brachte, das Studium aufzugeben und statt dessen ins Büro zu gehen, um ihrer beider Lebensunterhalt zu finanzieren. Die weiteren Semester hat Georg, ihr Typ, offensichtlich vorwiegend dazu genutzt, die psychologischen Argumentationsmechanismen zu studieren, derer es bedarf, um seiner Lebensgefährtin stets aufs neue zu erklären, warum man fremdgeht und daß das bei einem Mann nichts zu bedeuten hat. Georg ist tatsächlich so fit auf dem Gebiet, daß Doris immer noch bei ihm ist und ihn ›versteht‹.
Obwohl sie gerne Kinder hätte, versagt sie sich den Wunsch, weil Georg der Meinung ist, die sensible emotionale Struktur, die ihre Beziehung primär definiert, könnte dadurch empfindlich gestört werden. Daß die Störung in erster Linie darin bestünde, daß Doris gewisse wirtschaftliche Forderungen an ihr Juwel erheben und seine Freiheit beschneiden könnte, kommt ihr nicht. Dafür zeigt sie sich des ›Vertrauens‹, das Georg in sie setzt, indem er ihr immer wieder im Detail von seinen ›Beziehungen‹ berichtet, insofern für würdig, als sie seine abgelegten Freundinnen zum Tee empfängt und ihnen geduldig zuhört, wenn sie sich ausheulen.
Daß ich bei Doris also mit meinem Zorn auf taube Ohren stoßen würde, hätte mir von Anfang an klar sein müssen.
»Ach weißt du, das vergeht. Beim ersten Mal fühlt man sich

noch gedemütigt. Aber ich habe durch Georg so viele echt nette Frauen kennengelernt...«

»Also erstens ziehe ich es vor, mir meine Bekannten selber zu suchen, und andererseits fühle ich mich nicht gedemütigt, sondern verarscht.«

Andrea fand das alles sehr komisch. Sie lachte sich halb tot. Daß Michael ein Paschaleben führt, hat sie mir mehr als einmal gesagt, und wenn sie uns besucht, zieht sie ihn immer damit auf. Er weiß nie so richtig, woran er bei ihr ist, denn einerseits kokettiert sie mit ihm und deklamiert Schmeicheleien, doch dann hänselt sie ihn und läßt schallendes Gelächter folgen. Sie gefällt ihm, aber sie ist ihm nicht geheuer. Mir gefällt das ungeheuer, denn ich kann ihn mit Anspielungen, was Andrea wohl zu dem oder jenem sagen würde, gelegentlich in meinem Sinn manipulieren.

Andrea ist vor vier Jahren neben uns eingezogen. Ich war von Anfang an begeistert von ihr. Sie verfügt über einen absolut erfrischenden Humor. Wenn ich mal die Reaktionen auf typisches Männerverhalten vergleiche, so reagiert Andrea einfach konkurrenzlos souverän. Doris duldet und versucht zu verstehen; ich bin beleidigt und sinne auf Rache; Andrea lacht und macht sich einen schönen Tag.

Ich nehme mir stets aufs neue vor, mir eine Scheibe von ihrer Gelassenheit abzuschneiden.

Auch ihre Haltung in bezug auf Kinder und Mutterschaft finde ich großartig. Na ja, ich habe schließlich welche, ohne sie lange geplant zu haben. Vielleicht kann ich also nicht mitreden, wenn Frauen über entgangenes Mutterglück klagen und es aus den unterschiedlichsten Gründen einfach nicht klappen will. Ich kann nur allen versichern, daß meine beiden Sprößlinge mir gelegentlich den Nerv töten und ich sie dann ganz gerne in die Wüste schicken würde. (Vielleicht sollte mal jemand einen Rent-a-Child-Laden aufziehen, da würde es sicher einigen vergehen.)

Doris hätte, wie gesagt, gerne wenigstens ein Kind, doch sie hat ja statt dessen Georg. Das nimmt sie entsagend und leidend hin und bekommt jedesmal feuchte Augen, wenn sie eine Mutter mit Säugling sieht.

Andrea hätte auch gern Kinder, aber bei Hans-Werner ist irgendwie die Konzentration im Sperma nicht ausreichend. OAT heißt das wohl korrekt wissenschaftlich ausgedrückt. Und sie will nicht, daß deshalb alle möglichen Ärzte an ihm herumfummeln. Sie kommt auch so klar. Kinder und Jugendliche, an denen sie ihre pädagogische Neigung ausleben kann, hat sie in der Schule genug. Und da Hans-Werner an der Uni als Genforscher arbeitet, frotzelt sie gelegentlich, sie könnten ja noch die paar Jährchen warten, bis er ihnen ihr Wunschkind bastelt.

Es gibt Leute, die auf Andreas unverblümte Art total pikiert reagieren, aber ich finde sie toll, bin stolz auf sie.

»Meiner Meinung nach ist das schon ein dicker Hund, daß Michael sich von dir rund um die Uhr allen lästigen Kram erledigen läßt und seine wenigen lichten Momente, in denen du endlich auch mal Spaß mit ihm haben könntest, mit einer anderen verbringt.«

Ich küßte sie spontan durch die Luft für diese Äußerung. Jawohl, ein dicker Hund! Aber das sollte mich nicht niederwerfen. Ich würde allen beweisen, daß ich sehr wohl Herrin der Situation war. Nach dieser Drohung, die ich fatalerweise auch noch aussprach, nahm mir Andrea das Versprechen ab, alles, was diesem wilden Entschluß folgen würde, freimütig aufzuschreiben. Für mich und andere. Und das mir, die ich jedesmal, wenn ich den eisernen Vorsatz gefaßt hatte, endlich ordentlich Tagebuch zu führen, spätestens nach der dritten Eintragung entnervt die Feder auf den Tisch knallte! Jetzt sitze ich also da und hacke auf der alten Schreibmaschine herum. Nein, nicht täglich, das muß ja wohl auch nicht sein, aber – zu meiner großen Verwunderung – mit erheblichem Vergnügen.

Dulcibella schickt, wenn man's kühl betrachtet (und dazu zwinge ich mich jetzt), der Himmel. Sie macht es mir leicht, das dringend Notwendige nicht noch länger aufzuschieben. Nachdem die Kinder in einem Alter sind, wo sie einem täglich dreimal erklären, ihretwegen hätte man sie nicht in die Welt zu setzen brauchen, werden sie auch nichts dagegen haben, wenn ich ihretwegen nicht länger auf die meiner harrende Erfüllung verzichte.

Ja, ich weiß, das hört sich grausam an, aber leider wurde ich kürzlich Ohrenzeugin eines Telefongesprächs, das meine Tochter mit einer Freundin führte und aus dem hervorging, daß ihre Eltern die letzten verschrobenen Spießer seien, die sowieso keine Ahnung von Tuten und Blasen hätten, und daß das größte ihr vorstellbare Glück darin bestünde, daß die beiden ein Jahr in Urlaub gingen, bis sie mit der Schule fertig sei und sowieso ausziehen könne.

Na, da will ich mich doch nicht länger aufdrängen!

Marcus kommt in drei Monaten zum Bund. Nach dem Abi will er noch vier Wochen jobben, und dann geht er zur Luftwaffe – Traumberuf Pilot (also ehrlich, meine Idee war das nicht, ich hab's nicht so mit dem Militär).

Der ist also auch aufgehoben.

Bei der Luftwaffe wäre er übrigens nicht angekommen, wenn er Plomben in den Zähnen hätte. Und wer, bitte, wer hat jahrelang Aggressionen ertragen müssen, wenn es um konsequentes Zähneputzen ging? Michael sicher nicht, der für

diese Abneigung immer Sympathie und historische Belege fand. »Das eine Mal macht doch nichts! Was glaubst du, wer vor hundert Jahren überhaupt eine Zahnbürste hatte?«
Nun, wenn Marcus bei der Luftwaffe tatsächlich seine Pilotenausbildung bekommt, hat Michael ja Glück. Dann muß er nur noch für seine Frauen löhnen. Und ich bin auch froh, denn dann brauche ich mir keine Sorgen zu machen, daß Marcus, wie so viele Studenten, zum Säufer wird.
Ist doch alles in Ordnung! Und mein Entschluß steht fest: Ich werde in absehbarer Zeit unser gemütliches Eigenheim verlassen.
Meinen lange geliebten und noch länger genährten und gepflegten Ehemann werde ich der liebevollen Obhut seiner neuen Freundin anvertrauen. Falls die sich drücken sollte, hat er immer noch seine Mama, die ja schon immer ahnte, was kommen mußte, seit ich ihren armen Sohn mit der Lüsternheit meiner verklemmten siebzehn Jahre hinterlistig an mich gefesselt hatte.
Sie, deren liebster und häufigster Gesprächspartner der katholische Pfarrer ist, hatte damals eiskalt vorgeschlagen, ich sollte das Kind ›wegmachen‹ lassen oder wenigstens zur Adoption freigeben.
Wahrscheinlich hat sie ihre Niederlage bis heute weder verwunden noch verziehen.
Den kleinen Marcus an der Brust, hatte ich mich aufs Abitur vorbereitet. Finanziell unterstützt von meinen Eltern, die fanden, ein Kind sei kein Unglück, aber ein Mitglied unserer Familie ohne Abitur wäre eines.
Heute muß ich gestehen, daß ich während der vergangenen Jahre, seit ich wieder zu konsequentem Denken fähig bin, gelegentlich den grausamen Wunsch hatte, Oma hätte damals obsiegt. Einmal erst vor kurzem, als ich mitbekam, wie sich

Marcus und Petra stritten. Petra hatte ihren Bruder angebrüllt: »Du bist mit deinen neunzehn Jahren schon genauso ein verkalkter Spießer wie dein Vater. Und ein Popperfatzke dazu!«
Worauf mein erstgeboren Fleisch und Blut erwiderte: »Und du bist die gleiche unrealistische, hysterische Henne wie deine Mutter!«
Lieben heißt loslassen können... Und wenn die Kinder langsam soweit sind, daß die Namen der eigenen Eltern ihnen als Schimpfwörter dienen, wird's wohl Zeit, sie loszulassen.
Nur eines bereitet mir etwas Kopfzerbrechen: Petra hatte mit der Charakterisierung ihres Vaters ja weitgehend recht. Marcus mit der Charakterisierung seiner Mutter etwa auch??? Nun, das kann nur besser werden.
Wenn ich gelegentlich meiner Lieblingsbeschäftigung nachgehe, mir auszumalen, wie sich mein neues Leben gestalten wird, stelle ich fest, daß trotz aller Bescheidenheit meine Ansprüche gestiegen sind seit damals, als wir in der kleinen Zweieinhalbzimmerwohnung hausten und ich mich die meiste Zeit amputiert fühlte, weil an jeder Hand ein brüllendes kleines Kind hing. Es gibt ja Paare, die von ähnlichen Verhältnissen in rührseligster Weise zu berichten wissen: »Das war die schönste Zeit unseres Lebens!« So pessimistisch kann und will ich nicht sein!

Die Vorfreude auf das ›Loslassen‹ meiner Lieben sprengt mir fast die Brust, wenn ich dran denke, daß ich mit ihnen auch Oma loswerde. Meine Schwiegermutter haßt mich inbrünstig. Nur die Tatsache, daß ich die Mutter ihrer Enkel bin, veranlaßt sie gelegentlich zur gnädigen Herablassung, mich mit ›ihren Lieben‹ einzuladen.
Michael würde es übrigens als Hochverrat ansehen, wenn ich

nicht mitkäme, um seine Mutter zu unterhalten. Er hat immer Lesestoff dabei, den er unbedingt bewältigen muß für seinen Beruf. (»Schaut, wie er sich für euch abrackert, der Arme!«) Die Kinder weigern sich natürlich seit Jahren, mitzugehen, denn im Unterschied zu meinen Eltern, die sie schon aus ökonomischen Gründen ganz gerne sehen, ist Oma auch noch geizig und glaubt, den Jugendlichen von heute schössen die Freudentränen in die Augen, wenn sie ihnen verstohlen eine Münze in die Hand drückt. (»Das braucht die Mama aber nicht zu wissen.«) Haha!

Früher erfuhr ich bei solchen Besuchen immer, was ich alles falsch machte und daß die modernen Bücher über Kinderernährung, -erziehung und -pflege nicht nur »keinen Pfifferling wert« sondern auch noch »in höchstem Maße schädlich« seien. Wenn die Kleinen damals nicht wie die Blutegel alle Kraft aus mir gesaugt hätten, halte ich es im Rückblick für möglich, daß Michael durch meine Würgehand zum Vollwaisen geworden wäre.

Nun bekomme ich neben Vorwürfen über die mißratene Jugend im allgemeinen und meine Kinder im besonderen noch zu hören, wie sich eine Ehefrau zu verhalten habe, um die Karriere ihres Mannes zu fördern. In wenigen Worten funktioniert das nach Omas Meinung so: Schön sein, schweigen, lächeln (und zu Hause willig den ganzen Dreck erledigen)...

Also ehrlich, ich wäre froh und dankbar, wenn ich mich mit meiner Schwiegermutter in weiblicher Solidarität verschwistern könnte. Denn auch ich hasse das Klischee von der bösen Schwiegermutter. Aber solange ich das »kleine Flittchen« war, hatte ich ja keine Chance, mich gegenüber der großen Moralinstanz ins richtige Licht zu rücken. (Über die Entstehung Michaels habe ich mir nicht selten den Kopf zerbrochen, und ich schwanke noch zwischen gemeinsam benutzter Zahnbürste und gemeinsam benutztem Badewasser als Erklärung.)

Aus Scham und stolzer Solidarität gab ich mir keine Mühe, mich zu rechtfertigen und die Rolle ihres Sohnes in dieser Angelegenheit näher zu beleuchten.

Heute, im Rückblick, kommt mir die ›Geschichte unserer Liebe‹ wie das tragikomische Werk eines engagierten Jungfilmers vor.

Michael war in der Oberprima und ich eine Klasse drunter, als wir uns bei einem Schulball ineinander verknallten. Wir gingen einige Male miteinander Kaffee trinken (im Stehcafé) oder lutschten ein Eis (im Park). Außerdem kam es gelegentlich vor, daß wir uns einen Kinobesuch gönnten.

So auch an jenem verhängnisvollen Nachmittag. ›Engelchen oder die Jungfrau von Bamberg‹ hieß der Film, in dem ein süßes junges Mädchen sich in der ›Weltstadt mit Herz‹ ihres Hymens entledigen wollte. Sie schaffte es; und der Film schaffte es, daß der Zeitgeist – von Kinsey, Kolle und Konsorten ohnehin schon entsprechend geprägt – den Zustand der Jungfräulichkeit als einen abscheulichen Makel erscheinen ließ, von dem ein weibliches Wesen sich schnellstens zu befreien hatte.

Fatalerweise war bei Michael an jenem Tag auch noch sturmfrei, weil seine Mutter sich auf Verwandtenbesuch befand, und da das Kino unsere ohnehin kärglichen Budgets strapaziert hatte, beschlossen wir, bei Michael noch was zu trinken.

Er machte Kaffee und kramte aus der hintersten Ecke des Küchenschrankes auch noch einen Weinbrand hervor, was vollauf genügte, um uns wie tolle Erwachsene zu fühlen, und unsere kindlichen Verklemmungen lockerte.

So und nicht anders ist es zu erklären, daß Michael sich zu der indiskreten Frage erdreistete, ob ich noch Jungfrau sei, und ich dies beschämt gestehen mußte.
So und nicht anders ist es auch zu erklären, daß er, fast playboyhaft-frivol, vorschlug, den Zustand müßten wir aber schnellstens beheben. Natürlich wagte ich nicht, die erhabene Romantik des Augenblicks mit profanen Erörterungen über Empfängnisverhütung zunichte zu machen.
So und nicht anders kam's, daß ich (in den heiligen Hallen meiner Schwiegermutter) schwanger wurde, und zwar in einem Zeitraum, der mit ›Schwuppdiwupp‹ noch quasi in Zeitlupe wiedergegeben ist.
Als sich ein Jahr nach Marcus' Geburt (da ich der Meinung war, mein Zyklus müsse sich nach der Geburt erst mal normalisieren, bevor ich mir die Pille verschreiben ließe) Petra einstellte, erhielt meine Schwiegermutter den endgültigen Beweis meiner verruchten Zügellosigkeit.
Heute darf ich mir gelegentlich anhören, daß allein deswegen, weil ich es mit dem Kinderkriegen so eilig hatte, der arme Michael nicht an die Uni konnte, sondern an die Fachhochschule mußte, um in kürzerer Zeit sein Examen machen zu können.
Unter uns: Das hat eher sein mieses Abizeugnis verhindert. Aber daß ich, mit meinem weitaus besseren Schulabschluß, vielleicht auch gerne studiert hätte, daran hat meine Familie noch nie einen Gedanken verschwendet.

Kraft Geschlechts war ich also dazu ausersehen, die Wohnung in Schuß zu halten, Tag und Nacht für groß und klein Warmes und Kaltes in fester und flüssiger Form bereitzustellen, Windeln voller Dick und Dünn zu wechseln und Abenteuer im Supermarkt zu erleben.

Ich saß auf Kinderspielplätzen herum und führte endlose Gespräche mit anderen Müttern. In erster Linie kreiste die Konversation natürlich um die Kleinen, die einige ihrer Mütter am liebsten bereits an der Universität angemeldet hätten, in zweiter Linie ging's um die Ehemänner, und ich stellte mit Entsetzen fest, daß kaum eine der Frauen einen guten Faden an dem ihren ließ.

Das verstand ich nicht. An meinem Mann gab es nichts auszusetzen. Mein Mann sagte mir täglich mindestens dreimal, daß er mich liebe, und ich erwiderte: »Ich dich auch«, sofern ich nicht bereits ermattet zusammengebrochen war. Was hätte ich denn mehr wollen können? Falls da etwas existieren sollte, hätte ich gar nicht die Zeit gehabt, darüber nachzudenken. Oma gab mir gelegentlich Denkanstöße: Ich könne gar nicht so dankbar sein, wie Michael es verdient hätte. Wie wahr! Erst mußte er studieren – für mich und die Kinder –, und dann mußte er arbeiten – für mich und die Kinder –, und dann machte er Karriere – für mich und die Kinder (übrigens in der Firma, wo sein Vater früher gearbeitet hatte, bis er einem Arbeitsunfall erlegen war. Böse Zungen munkeln immer noch, es sei Selbstmord gewesen).

Jeder von Michaels Handstreichen erstrahlt im güldenen Glorienschein selbstloser Aufopferung. Was ich so Tag für Tag treibe, ist nicht der Rede wert.

Obwohl sie es doch besser wissen müßte, ist Oma, egal wie der Fall liegt, immer auf seiten der Männer. In unserer speziellen Situation habe ich dafür ja noch ein Fünkchen Verständnis, schließlich handelt es sich bei Michael um ihre eigene Brut, was ihr mildernde Umstände einräumen mag; aber sie ergreift eben grundsätzlich Partei für die Männer!

Verläßt ein Mann seine Frau, so heißt es: »Der Arme, na, diese schwierige Person hat ihn ja geradezu vergrault, das

mußte ja so kommen.« (Oma sieht übrigens immer alles kommen. Nein, das ist übertrieben; sie sieht grundsätzlich Negatives kommen. Ein wahres Desastrometer.)
Verläßt eine Frau ihren Mann, so entlarvt sie sich damit – unabhängig davon, ob er Alkoholiker, impotent, Verbrecher oder alles drei ist – selbstverständlich als die Böse, Undankbare, Verruchte.
Fahnenflucht ist Frauen nicht erlaubt.
Sie sind dazu ausersehen, ihr Schicksal zu tragen.
Zu seinen Lebzeiten und nach seinem Tode hat die Frau dem Manne die unumstößliche Treue zu halten.
Ja, wo kämen wir denn hin, wenn wir allen Begierden nachgäben!
Oma und manch anderes liebenswerte Wesen ihrer Generation denkt dann mit wohligem Schauer an die Gepflogenheiten orientalischer Rechtsprechung, deren Einführung »hierzulande auch mal einen anderen Wind wehen« ließe. (»Nun, Oma, dann wärst du ja mit dem Leichnam deines Gatten verbrannt worden.« – »Versündige dich nicht!«) Den Frauen hier geht es doch einfach zu gut. Da werden sie übermütig.
Bei unserem letzten Pflichtbesuch ließ sich Oma über die Familie des Arztes aus, der sie einmal operiert hatte.
Natürlich durften wir, bevor sie zum eigentlichen Thema vorstieß, zum hundertsiebenundneunzigsten Mal die Geschichte ihres fast durchgebrochenen Blinddarms hören. Der gute Chirurg, dem es damals gelungen war, ihr das Leben zu retten – was ihm natürlich nie geglückt wäre, hätte sie ihn dabei nicht kräftig unterstützt, womit wir beiden zu höchstem Dank verpflichtet wären –, hatte vor einigen Monaten das Zeitliche gesegnet. Eine liebe Bekannte hatte ihr das erzählt – aus erstem Auge sozusagen, denn sie wohnt in der Nachbarschaft der Familie. Der prächtige Arzt war also ge-

storben, im Alter von 63 Jahren, und er ließ eine 39jährige Witwe und fünf Kinder zurück. Nun hätte man ja normalerweise annehmen können, daß das Mitleid der alten Damen der Arztwitwe gelte – aber weit gefehlt!
Zwischen den beiden habe es nie richtig funktioniert.
»Also«, warf ich ein, »bei fünf Kindern kann es doch zumindest auf einem Sektor nicht allzu schlecht funktioniert haben...«
Strafender Blick. Na ja, von mir könne man ja auch nichts anderes erwarten...
»Er hat sie kennengelernt, als sie nach dem Abitur ihr Praktikum am Krankenhaus absolviert hat«, erzählte Oma.
Ich rechnete kurz nach. Dann war die Frau damals unter zwanzig gewesen – ein Alter, in welchem man zu erhabenen Handlungen und blitzgescheiten Entschlüssen fähig ist, wie ich ja selber bewiesen habe – und er ein über vierzigjähriger Gott in Weiß. Bei der Konstellation ist es ihm wahrscheinlich nicht schwergefallen, sie zu beeindrucken. Später wollte sie dann vielleicht auch mal was sagen, und da ist Papi erschrokken, daß seine süße Frau auch denken konnte.
Das ist so ein Thema, bei dem ich immer total ausraste. Wenn sich bei den Männern langsam die Midlife-Crisis anbahnt und ihnen gleichaltrige Frauen nicht mehr allen Schmus abnehmen oder selber was fordern, dann hechten sich die leicht angegrauten Burschen auf die jungen Mädchen, die noch keine Vergleichsmöglichkeiten haben.
Zu Oma gewandt sagte ich im vollen Bewußtsein der Blasphemie, die ich beging: »Wenn die alten Geier unbedingt frisches Fleisch haben wollen, dann müssen sie eben mit den Konsequenzen leben. Im übrigen finde ich es leicht verdächtig, wenn einer, der im Prinzip an Frauen interessiert ist, in dem Alter noch allein rumzieht.«

Mit bitterer Miene kam der Kommentar, daß es manchmal besser sei, man warte etwas länger und greife nicht bei der ersten Gelegenheit zu. Also da hatte sie wirklich recht, nur dieser Fall bot ja nicht gerade das überzeugende Exempel dafür.

Abgesehen davon, daß sie mal wieder die Episode ihres Martyriums zum besten geben wollte, war mir aber immer noch nicht klar, worauf sie hinaus wollte. Unterstellte sie der Arztgattin etwa einen Mord an ihrem Mann? Nein, das nicht, aber fast so schlimm: Was sie und ihre Bekannte jetzt kommen sahen, war, daß die Arztwitwe noch einmal heiraten würde. Am Ende sogar einen Jüngeren... O Sodom und Gomorra!

»Der wäre schön blöd«, kam Michaels Kommentar, »mit fünf Goven am Hals!«

Welch warmherziger Familie ich doch angehören darf!

Aber nicht mehr lange!

Endlich komme ich wieder mal zum Schreiben! Ja, liebe Andrea, da nützen alle heiligen Versprechen nichts. Wenn der Sohn Abitur macht, dann geht das einfach vor. Doch wir haben's überstanden. Einige Leute waren sogar so einfühlsam und haben *mir* gratuliert. Na ja, wahrscheinlich hat es mich auch mehr Nerven gekostet als ihn.

Ja, ja, ich mach weiter. Es kommt ja auch ganz schön viel hoch bei der Schreiberei. Die ganze unverdaute Vergangenheit und die unterdrückte Wut. Ich will nicht mehr so viel über Oma schreiben, habe ich mir vorgenommen. Im Grunde habe ich ja nur solche Aggressionen gegen sie, weil ich immer zu feige war, mich richtig über Michael aufzuregen. Da habe ich sie über Jahre hinweg zum Sündenbock gestempelt und mir die Auseinandersetzung mit dem wahren erspart.

Damit ist Schluß. Jetzt werde ich konsequent. Der Countdown läuft, unaufhaltsam. Nur noch ein paar Wochen…
Es ist schon ein köstliches Gefühl, bei allen möglichen lästigen Handlungen, die zu tun sind, in Gedanken mitzählen zu können: noch soundsoviele Tage; noch soundsooft; das war das letzte Mal. Der letzte Großputz im trauten Heim – ein erhebender Gedanke! Also, ich werde ausziehen. Michael kann in unserem Eigenheim bleiben, das er im Schweiße seines Angesichtes und mit dem Geld meiner Eltern hat bauen lassen. Er wird mir eine angemessene Miete bezahlen, was ihn zwar schmerzlich treffen wird, aber weniger quälen als der Prestigeverlust, wenn er zugeben müßte, daß das Haus gar nicht seines ist. Nein, ich lasse ihm die kleine Freude. Ich ziehe lieber in eine Etagenwohnung. Modern und endlich mal nach meinem Geschmack. Ganz sicher werde ich keine Sehnsucht nach dem Unkraut im Garten verspüren und auch nicht nach den Schnecken. Das Mobiliar kann, wie einiges andere, nicht leugnen, daß es nicht allererste Wahl war, und auch ansonsten sieht das Haus leicht renovierungsbedürftig aus.
Tja, das wäre was für mich gewesen, nachdem die Kinder das Haus verlassen hätten. Da hätte die liebe Hausfrau wieder was zu tun gehabt, damit sie nicht auf dumme Gedanken kommt. Haha!
Ich werde auch diesen Mann kaum vermissen, der die meiste Freizeit, die er zu Hause verbringt, vor dem Fernseher abhockt, der seine Ehefrau immer häufiger mit »Mami« anredet und von ihr perfekten Service erwartet.
In letzter Zeit sitzt er allerdings nicht mehr so oft vor der Glotze, er muß ja seinen Bierbauch abtrainieren, um Dulcibella zu gefallen, aber dafür kann ich ihm schließlich keine Pluspunkte gutschreiben.
Nach meinem Geschmack hat er übrigens nie gefragt. Ich

bin, offen gesagt, auf Bierbäuche auch nicht so rasend versessen. Noch finde ich es besonders berauschend, wenn ein Mann daheim die ganze Zeit im Trainingsanzug oder im Sommer in Sporthose und Unterhemd herumlümmelt, wenn das auch weniger Arbeit macht.

Immerhin hat ein Mann, der seiner Frau während der ersten drei Ehejahre täglich dreimal gesagt hat, er liebe sie, seinen guten Willen gezeigt und kann sich für den Rest des Lebens weitere Aufmerksamkeiten sparen.

Nein, ich möchte nicht verschweigen, daß ich zu allen Geschenkanlässen wunderbar praktische Küchengeräte bekommen habe. Erst kürzlich, zu unserem zwanzigsten Hochzeitstag, einen elektrischen Fleischwolf. (Am liebsten hätte ich ihn gleich an Michael ausprobiert.)

Er kann sie alle behalten, die wunderbaren Geräte, mit denen alles wie von selber geht. Dulcibella wird ihre Freude dran haben. Ob ich ihr auch noch ein paar Tips hinterlasse, z. B. wie man aus einem Kilo Hackfleisch aus dem Sonderangebot drei Tage hintereinander köstliche Mahlzeiten zaubern kann (um sich ein paar Kröten für ein neues Kleid auf die Seite zu schaffen)? Oder wie die kluge Hausfrau die Skatrunde ihres lieben Mannes verwöhnt?

Auch so eine Einrichtung, die ich mit Hochgenuß hinter mir lasse. Die (doppelte) Skatrunde ist fast so alt wie unser Familienglück. Sie ging aus einer Arbeitsgruppe während Michaels Studium hervor. Er hatte sich damals angewöhnt, die fünf Kommilitonen mit nach Hause zu bringen, weil er der einzige war, der eine Wohnung hatte und einen Küchenfuzzi, der die hungrigen Mäuler mit leckeren Schnittchen stopfen konnte. – Ich solle dankbar sein, denn ein Mann, der auf seine Frau nicht stolz sei, brächte ja niemanden mit nach Hause, der treibe sich in Kneipen rum.

Also war ich dankbar, ließ mir die Bude verqualmen, beruhigte zwischendurch die Kinder, wenn die Skatbrüder sie mit ihrem Geschrei aufgeweckt hatten, und tauschte leere Bierflaschen gegen volle.
Als die Skatbrüder fast alle der Reihe nach heirateten, nahmen die Treffen weder ein Ende, noch fanden sie bei allen Mitgliedern abwechselnd statt. Sie kamen nach wie vor zu uns und brachten zum Teil auch noch ihre Frauen mit, denen ich in puncto Mutterschaft und Haushaltsführung als leuchtendes Beispiel vorgehalten wurde. Denn schließlich verstand ich es neben allem andern auch noch, äußerst sparsam zu wirtschaften – eine Tugend, die mir allergrößte Bewunderung einbrachte, die ich jedoch, heute kann ich es ja gestehen, den permanenten heimlichen Finanzspritzen meiner Eltern verdankte.
Das war meine große Mutterphase. Die jungen Frauen – die übrigens zumeist älter waren als ich – löcherten mich mit Fragen über Haushalt und Kindererziehung und hingen gebannt an meinen Lippen. Sie hielten mich für eine Autorität, woraus sie das Recht abzuleiten schienen, mich zu den unmöglichsten Zeiten anrufen zu dürfen, um meinen Rat zu erbitten. Michael war stolz auf mich und noch mehr auf sich, und ich war glücklich, daß Michael auf mich stolz war. Was wollte ich mehr?

Nach Katastrophen ist es ja wohl üblich, Ursachenforschung zu betreiben. Für ungeahnte und unerklärliche Zwischenfälle auf dem Privatsektor heißt die Frage: Wie konnte es nur soweit kommen? Der Volksmund hält da eine reiche Auswahl sinniger Sprüche parat, von Krügen, Brunnen, steten Tropfen und Fässern und – mal nichts mit Flüssigkeit – vom überspannten Bogen.

Rückblickend erinnere ich mich noch genau an den verhängnisvollen Tag X, da sich die Büchse der Pandora öffnete. Mein Mißtrauen erwachte, und ich glaubte nicht mehr alles, was Michael mir erzählte.
Kurze Zeit vorher hatte ich vorgeschlagen, wir sollten uns nach einem Babysitter umsehen, damit wir endlich mal wieder miteinander ausgehen könnten. Doch Michael hatte sich entrüstet: »Was, du willst unsere Kinder einem wildfremden Menschen anvertrauen!«
Seine Polemik schüchterte mich so ein, daß mir nicht einfiel dagegenzusetzen, daß dieser Mensch ja nur für kurze Zeit und beim ersten Mal fremd sein würde. Schuldbewußt und beschämt gab ich nach. Und er hatte wieder einmal sein Ziel erreicht.
Mit dem Babysitter wäre es ja nicht getan gewesen! Die Sache hätte doch einen ganzen Rattenschwanz nach sich gezogen: ein neues Kleid, Ausgaben für zwei, und dann wäre ich womöglich auf den Geschmack gekommen und hätte das jede Woche gefordert. Und überhaupt: Worüber sollte er mit mir schon reden, einen ganzen Abend lang?
Dann war meine Schwester, die damals im Ausland studierte, zu Besuch gekommen. Sie machte keinen Hehl aus ihrem Entsetzen über mich. Sie schalt mich eine Mutterkuh und sagte, ich sei am Verblöden. Den geliebten Familienvater bezeichnete sie als reaktionären Chauvi, der sich genüßlich seiner Karriere widme, während er seine Frau eingesperrt halte und kalten Blickes zusehe, wie sie sich allmählich den aufrechten Gang und die menschliche Sprache abgewöhne.
Ich hielt das natürlich für maßlos übertrieben und auch irgendwie für beleidigend, aber andererseits fand ich es äußerst wohltuend, vielleicht sogar schmeichelhaft, daß sie sich über mein Schicksal so ereifern konnte.

Da an diesem Abend ein Länderspiel im Fernsehen kam und Michael schon befürchtet hatte, daß wir ihn mit unserem Gequatsche stören würden, machte er keinerlei Einwände, als wir ausgehen wollten.
Beatrice verpaßte mir ein paar aktuelle Klamotten, und ich empfand es als geradezu konspirativ, wie ich an ihrer Seite in die Nacht hinausspazierte.
Wir landeten in einer Disco. Mir war, als hätte man mich in Ali Babas Räuberhöhle verschleppt, so exotisch kam mir alles vor nach jahrelanger Abstinenz von jeglichem außerhäuslichen Nachtleben.
Am liebsten wäre mir gewesen, wenn wir uns in der hintersten Ecke niedergelassen hätten, doch Beatrice bestand darauf, daß wir an der Bar saßen. Und dann zog sie mich zur Tanzfläche.
Zuerst tanzte ich äußerst zurückhaltend, gefesselt von all meinen Hemmungen, doch dann tobte ich mich aus. Als wir nach einiger Zeit zur Bar zurückgingen, gesellten sich zwei Männer zu uns.
Mir wurden meine Bildungslücken in Disco-Benehmen schmerzlich bewußt, und voller Bewunderung beobachtete ich aus den Augenwinkeln meine Schwester, die sich benahm, als wohnte sie in dem Schuppen. Sie lachte, prostete zu und schäkerte mit dem einen, während ich dem anderen einsilbige Antworten gab.
Obwohl ich mir vorkam wie ein Trampeltier, ließ der Mensch den ganzen Abend nicht von mir ab. Es war mir nicht besonders unangenehm, ich genoß es sogar, daß sich einmal ein erwachsener Mensch für mich interessierte, ohne daß es dabei um Kinder, Essen oder Dreckwäsche ging.
Als wir schließlich aufbrechen wollten, fragte er mich, ob ich morgen nicht wiederkommen könnte.

»Nein, ganz bestimmt nicht«, lachte ich, »morgen muß ich mich endlich wieder mal um meine Kinder kümmern.«
Er hielt das für einen Scherz. Dann sollte ich ihm wenigstens meine Telefonnummer geben. Auch das lehnte ich ab, mit der Begründung, daß mein Mann etwas dagegen haben könnte.
Er lachte und meinte, jetzt sei es genug.
Da zückte ich mein Portemonnaie und zeigte ihm die familiäre Dreifaltigkeit: Vater, Sohn und Töchterlein.
Er nahm mir das Bild aus der Hand, starrte es an und fragte, ob das tatsächlich mein Mann sei.
»Natürlich, denkst du etwa, mein Vater?«
»Nein, das wohl kaum, könnte aber dein Bruder sein, nicht wahr? Ich kenn den Burschen. Der ist öfter hier. Aber der stellt sich nicht so zimperlich an wie du, das kann ich dir sagen.«
Mir war, als stürzte ich in ein tiefes Loch, in rasender Geschwindigkeit vorbei an Wänden aus Windeln, Socken, Schrubbern, Hemden, schmutzigem Geschirr, Salatblättern, Staubsauger, Nudeln, Spielsachen, Putzlappen.
Ich muß den Typen wie irre angeschaut haben, und er begriff wohl in Ansätzen, was er angerichtet hatte.
»Kann auch sein, daß ich mich täusche; nur keine Panik, Mädchen.«
Beatrice fand es nicht so erstaunlich, daß mein Mann in Discos verkehrte, sie fand es eher erstaunlich, daß ich bislang geglaubt hatte, er sei genau so ein frommes Schaf wie ich.
»Er nimmt halt, was er kriegen kann, wie die meisten Männer, und wenn du ewig nachgibst, bist du selber schuld.«
Selber schuld – das war also der Begriff, der mein Zusammenleben mit Michael zu charakterisieren schien. Mir kam die Galle hoch, als ich mir überlegte, wie oft ich am Rande der Erschöpfung gewesen war, und immer hatte ich mir

selbst einen Tritt in den Hintern verpaßt, weil ich vorausgesetzt hatte, Michael habe es noch schwerer als ich. Er müsse bis in die Nacht arbeiten, und ich hätte nicht das Recht, mich zu beklagen.
Wie sollte ich reagieren? Ihm vor Beatrice eine Szene machen, ihm, was ich nur finden konnte, über den Schädel ziehen? Oh, Lust hätte ich dazu gehabt, wahrhaftig. Aber dann hätte ich die Kinder geweckt, und die brauchten es ja nicht auszubaden. Auch Beatrice wollte ich diese Peinlichkeit ersparen.
Noch im Auto und während der Fahrt beschloß ich, meinen Zorn im Eismeer zu kühlen und gelegentlich und wohl dosiert scharfe Eisschollen auf meinen Mann zutreiben zu lassen. Obwohl ich kaum an einen Irrtum geglaubt hatte, gab mir seine Reaktion auf unseren Discobesuch endgültige Gewißheit. Und die Art, wie er gelassen behauptete, er habe schon gehört, daß es dort ganz ordentlich sei, es sich dann aber nicht nehmen ließ, ins Detail zu gehen, war für mich ein Indiz, daß er überhaupt nicht in Verlegenheit geriet, wenn er mich anlog.
Von da an konnte er mich wohl kaum mehr belügen, ohne daß ich es durchschaute, und sicher durchschaute ich noch mehr, als es tatsächlich zu durchschauen gab. Ich begann einen detektivischen Sinn zu entwickeln, um den mich Holmes, Maigret und Miss Marple beneidet hätten.
Ja, und ich räumte mir neue Rechte ein. Doch meine Taktik lautete: Abwarten und dann mit Anlauf zuschlagen.

Eine Woche ließ ich ins Land gehen, damit meine Schwester nicht in den Verdacht geriete, sie hätte mich aufgehetzt. Dann gab ich meinem Mann bekannt, daß ich den Wunsch verspürte, wieder einmal Tennis zu spielen.

Da ich jahrelang pausiert hatte, brauchte ich natürlich Trainerstunden. Er hielt mir vor, was das alles kosten würde, doch ich erklärte ihm, daß ich zur billigsten Zeit – am Morgen, wenn die Kinder in Schule und Kindergarten waren – trainieren könnte, zum ›Hausfrauentarif‹. Außerdem käme ich in den Genuß reduzierter Aufnahmegebühren, da er ja schon seit Jahren Clubmitglied war.
Dennoch gab es zahlreiche weitere Diskussionen, denn schließlich brauchte ich ja auch was anzuziehen und die entsprechende Ausrüstung. Aber ich war diesmal hart entschlossen, mich durchzusetzen; auch sah ich nicht mehr ein, warum ich immer meine Mutter anpumpen sollte, wie es bisher so oft geschehen war – aus Feigheit und Angst vor Michaels Ausbrüchen gegen meine ›Verschwendungssucht‹.
Also bekam ich die Ausrüstung und Trainerstunden. Es lief gut, da ich ja vor meiner Ehe schon jahrelang gespielt und damals für recht talentiert gegolten hatte.
Der Tennislehrer, Charly (bürgerlich Karl-Heinz Schober), schrieb meine raschen Fortschritte natürlich seinen hochklassigen Trainerqualitäten zu.
Er hielt sich ohnehin für den Größten; später bekam ich mit, daß die Frauen im Club über ihn tuschelten und die Männer zweideutige Bemerkungen machten.
Charly war – nachträglich beurteilt – allenfalls auf eine recht provinzielle Weise charmant, hielt sich jedoch für den Mann von Welt schlechthin, und mir kam er vor wie die Reinkarnation Casanovas. Ich genoß seine Aufmerksamkeit und äugte eifrig zurück, wenn er verliebte Augen machte. Ich schwebte über den Tennisplatz wie die Fee vom Mummelsee und schlug mit grazilen Gesten die Bälle ins Netz. Wenn er mich dann ölig lächelnd zu mehr Konzentration ermahnte, ließ ich die Wildkatze heraus, und er war voll des Lobs.

In jenem Sommer war das Paradies für mich der Tennisplatz, und Charly war der Adam meiner Träume.
Mit der Zeit ging ich auch nachmittags hin, nahm einfach die Kinder mit, die mit den Kindern anderer Clubdamen spielen konnten. Obwohl ich in erster Linie den Tennisclub aufsuchte, um Blicke von Charly zu erhaschen, lernte ich einige Frauen kennen, die auch ziemlich oft kamen, und es fehlte mir nie an Spielpartnerinnen, was ich eifrig ausnützte. Schließlich wollte ich ja bei der nächsten Trainerstunde wieder gelobt werden.
Im Club herrschte die Gepflogenheit, daß die Mitglieder einander beim Vornamen nannten. Ganz locker, man war ja unter sich. So bestand auch die Möglichkeit, einander recht offen Dinge zu sagen, die ansonsten nur unter intimen Freundinnen zur Sprache gekommen wären.
»Der Charly ist scharf auf dich«, sagte eines Nachmittags Elvira, nachdem wir eine Stunde miteinander gespielt hatten. Sie lachte, wohl weil ich sie so verdutzt anglotzte. »Schon am ersten Tag, als du hier aufgetaucht bist, liefen die Wetten an. Daß er's probieren würde, darüber waren wir uns alle einig. Aber ob er's schaffen würde, darüber gingen die Meinungen auseinander.«
Ich erstarrte innerlich, war zutiefst entsetzt, mein Privatleben als Gegenstand allgemeiner Erörterungen, ja sogar Wetten über den ganzen Tennisplatz ausgebreitet zu sehen.
Irgendein unzusammenhängendes Dementi muß ich wohl gestammelt haben, denn Elvira tätschelte beruhigend meinen Arm. »Also, meiner Meinung nach hat er dich noch nicht rumgekriegt. Und wenn du einen guten Rat hören willst, laß die Finger von ihm. Er ist nämlich ein Arschloch!«
Da ich in kataleptische Starre zu verfallen drohte, versuchte Elvira auf rührende Weise, mich aufzumuntern.

»Weißt du, die meisten von uns haben ihr Lehrgeld bezahlt. Ich war auch dran. Natürlich fand ich es toll, eine Affäre mit Tarzan zu haben, nachdem mein Mann mich jahrelang – also zumindest sexuell – ignoriert hatte. Aber als der Affe dann damit hausieren ging, da hat es mich übel angestunken. Wir hätten erwirken können, daß er als Trainer aus dem Club fliegt, aber die Betroffenen waren sich darüber klar, daß es besser wäre, ihn zumindest vordergründig bei Laune zu halten, denn er weiß eindeutig zuviel. Und wenn er aus Rachsucht zum Plaudern käme, könnte das sehr unangenehm werden. Jetzt versuchen wir halt, neue Opfer rechtzeitig aufzuklären. Wenn es uns gelingt, haben wir zumindest die kleine Genugtuung, ihm in die Suppe gespuckt zu haben.«
Einerseits glaubte ich Elvira, andererseits wollte ich ihr nicht glauben. Ich zog in Erwägung, daß es sich vielleicht lediglich um eine Aktion der Eifersucht handeln könnte. Doch als auf dem Heimweg Marcus fragte: »Mama, was ist eigentlich bumsen?« und ich entsetzt zurückfragte, wo er denn dieses Wort aufgegabelt habe, antwortete er, Tobias habe ihm erzählt, Charly würde alle Frauen bumsen.
»Hat er dich auch gebumst?«
»Bumsen, bumsen, bumsen!« trällerte Petra das neue Wort vergnügt vor sich hin, und mir wurde nicht nur schlecht, sondern auch klar, daß ich die rosigen Visionen, die seit einigen Wochen meine Phantasie beflügelt hatten, korrigieren mußte.

Doch hat man einmal einen Entschluß zumindest in Gedanken vollzogen, der einem über lange Jahre völlig undenkbar erschienen wäre, so ist die Hemmschwelle bei der nächsten sich bietenden Gelegenheit relativ niedrig.
»Wenn's schon unbedingt sein muß«, hatte mir Lydia, die

Busenfreundin Elviras, einmal bei einem Cola-Plausch auf dem Tennisplatz anvertraut, »dann such ich mir keinen mehr aus, der mir am nächsten Tag in der Stadt begegnen oder etwa bei meinem Mann auf dem Behandlungsstuhl sitzen könnte.«

Lydia, selbstbewußte Gemahlin eines vielbeschäftigten Zahnarztes, war die wandelnde Schule der Frauen. Für alles, was sie tat, konnte sie eine plausible Erklärung geben, und für jede Situation wußte sie Rat.

»Als Mutter und Hausfrau, das wurde vor einiger Zeit ausgerechnet, stehen uns dreitausend im Monat zu. Inzwischen ist es wahrscheinlich auf Grund der Inflations- und Teuerungsrate noch mehr. Das verbrauch ich auch. Aber ich bin auch fair. Seitensprünge gibt's nur noch fern der Heimat, das bin ich meinem Gisbert schuldig.«

Ein Geliebter unter sündiger südlicher Sonne! Ja, das war's. Meine Erwartungen an den bevorstehenden Sommerurlaub waren also recht hoch gesteckt.

Als wir schließlich abfahrbereit im Auto saßen (Schlauchboot und Gummitiere, Taucherausrüstung und Nahrungsmittel, Kleider, Bücher und Spiele im Kofferraum und auf dem Dach verstaut, die Kinder auf dem Rücksitz), wähnte ich mich allerdings dem Nervenzusammenbruch näher als dem Mann meiner kühnen Träume.

Wir überquerten die Alpen. Hannibal hat einst wohl kaum mehr gelitten als ich. Dreimal meinte Petra, sie müsse sich gleich erbrechen. Einmal mitten in einem recht langen Tunnel, was bei Michael einen mittleren Tobsuchtsanfall auslöste, der sich in erster Linie über mir entlud, da ich den Kindern vor Antritt der Fahrt zu essen und zu trinken gegeben hatte.

Wir legten eine zwanzigminütige Pause ein, in der sich die Gemüter wieder beruhigten, doch saßen wir keine fünf Minuten im Auto, da jammerte Marcus, er müsse unbedingt Pipi... Dann wollten die Kinder Schokolade, aber Michael verweigerte ihnen jegliche Nahrung, bis wir am Ziel wären. Er selber aß natürlich Schokolade, denn schließlich brauchte er die für die Konzentration und seine Nerven.
Zwei Stunden später als beabsichtigt erreichten wir unser Feriendomizil, ein recht nettes Appartement in einer gepflegten Wohnanlage am Lago Maggiore, das meine Eltern kurz zuvor gekauft hatten.
Michael war natürlich entzückt gewesen über die Aussicht, Ferien nahezu zum Nulltarif verbringen zu können, aber ich bekam recht schnell die Kehrseite der Medaille zu spüren. In der Anlage hielten sich in erster Linie ältere, ruhebedürftige Menschen auf, die nicht ertrugen, daß Kinder in den Gärten herumtollten oder im Pool kreischten. So packte Michael die Kinder ins Auto, fuhr mit ihnen zum See und ließ mich inmitten des Ferienhaushalts zurück, wo ich Ähnliches tun konnte wie zu Hause, nur mit dem Unterschied, daß mir weniger patente Geräte zur Verfügung standen.
Nach ein paar Stunden fielen sie dann wie hungrige Wölfe wieder ein, um kurz darauf wieder zu verschwinden, was mir genügend Zeit verschaffte, alles aufzuräumen und das Abendessen in die Wege zu leiten. Mein kläglicher Versuch, den ›Heute-kocht-der-Chef-Tag‹ einzuführen, scheiterte daran, daß Michael sich beim Öffnen der Raviolibüchse in die Hand schnitt und ich zu allem anderen auch noch die Spuren eines Blutbads zu beseitigen hatte.
Trotz allem gelang es mir dann doch, am Nachmittag zwei, drei Stunden herauszuschinden, die ich genüßlich am und im Pool verbrachte.

Und just dort lernte ich ihn kennen. Er war kein schwarzhaariger, glutäugiger Athlet, wie ich mir das in meinen Träumen ausgemalt hatte, sondern ein rotblonder, leicht schütterer Mensch mit eher trägen Bewegungen und einem höchst liebenswürdigen Lächeln. Er hatte seine gebrechliche Mutter in Urlaub begleitet und verbrachte nun den ganzen Tag am Pool, wo er Zeitungen las, die ihm gelegentlich der Wind entriß. Bei der Jagd auf ein Blatt seiner Zeitung stießen wir zusammen.
Es liegt mir fern, hier die ganze Geschichte breitzutreten. Daß etwas passiert ist, will ich jedoch nicht leugnen (denn ich denke gerne daran). Aber das Problem, das dabei zutage trat, war, daß ich entdeckte, daß Michael nicht nur jahrelang versucht hatte, mich vom Leben außerhalb der eigenen vier Wände auszuschließen, sondern daß er auch innerhalb dieser vier Wände ein äußerst mickriges Programm bot.
Stephan, das Geschenk der Sonne des Südens, bewies mir, was ich längst vermutet hatte: daß Sexualität nicht synonym mit ›Schwuppdiwupp‹ zu sein braucht.
Doch eine verantwortungsbewußte Mutter von zwei Kindern findet natürlich auch wieder auf den Boden der Tatsachen zurück. Sie verhindert, daß eine Ferienaffäre über die Ferien hinaus ausgedehnt wird, preßt die letzte galant überreichte Blüte zwischen die Seiten ihres rührseligsten Ferienromans, um in heimlichen Augenblicken daran schnuppern zu können, und reist mit ihren Lieben nach Hause.
Dort sorgt sie wie eh und je dafür, daß in der Familie alles wie am Schnürchen klappt. Nur das Bewußtsein, daß es anders sein könnte, führt in ihrer Phantasie sein fatales Eigenleben, läßt Wünsche aufkommen, Traumbilder entstehen.
Nicht allzu oft und nicht allzu viele, denn die liebe Mami wird ja stets an allen Ecken und Enden gebraucht. Dafür kann sie

sich an dem betörenden Gefühl berauschen, daß ohne sie gar nichts laufen würde. Sie darf das Bewußtsein der Macht in ihrem Busen nähren, das Wissen, daß alle anderen von ihr abhängige Würmer sind.

Die Pubertät der Kinder bringt diese Selbstsicherheit gelegentlich ins Wanken.

»Meine Alten blicken doch hinten und vorne nicht durch«, ist ein hartes Argument, das erst dann wieder an Schlagkraft verliert, wenn der Filius mit seiner Lieblingsjeans in der Hand dasteht und flehentlich darum bittet, die Mutter möge ihm den ausgerissenen Reißverschluß bis zum Samstag ersetzen (weil sonst wohl seine Eroberungen gefährdet sind).

Über das Intimleben der Eltern haben die einfühlsamen Kinder auch fest umrissene Vorstellungen: Da tut sich nichts. Das hat sich schließlich mit ihrer Zeugung auch erübrigt. Nur sie sind bestens informiert. In der Theorie. Jugendzeitschriften verfügen allemal über eine höhere Autorität als das Wort der Eltern.

Natürlich blieb auch mir das Drama nicht erspart, daß liebe, niedliche Kinder mit putzigen Aussprüchen, die ihre Eltern für allwissend halten und keine anderen Zukunftsperspektiven kennen, als eines Tages Mama beziehungsweise Papa zu heiraten, zu pickligen, übellaunigen Monstern werden, die an allem herummäkeln, sich bedienen lassen, denen jede Arbeit zu viel und jedes Entgegenkommen zu gering ist.

Nein, ich muß bei der Wahrheit bleiben: Petra war noch nie ein pickliges Monster. Im Gegenteil. Unsere Tochter war von klein auf ein ganz entzückendes Wesen, das zu einem bildhübschen Teenager heranwuchs. Doch gerade das macht manches für mich problematisch. Sie meint, sie müsse an allen Leuten, die nicht so schön sind wie sie, ständig herumstänkern.

Natürlich in erster Linie an mir. Mehr als einmal habe ich sie Killerblicke auf Leute werfen sehen, die sich erdreistet hatten zu äußern, sie sei »ganz die Mama«.
»Du könntest dich ruhig schicker kleiden, und eine Schlankheitskur wäre auch mal nötig für dich«, ließ sie mich so etwa viermal pro Woche hören. Natürlich meinte sie es in umgekehrter Reihenfolge. Zuerst sollte ich mich auf Größe 36 herunterhungern und mich dann modisch einkleiden. Haha, das war denn doch ein bißchen zu durchsichtig! Da hätte ich ja wieder ohne was dagestanden. Außerdem gehöre ich nicht zu den Leuten, die sich, wie der liebe Michael, geschmeichelt fühlen, wenn die Kinder ihre Klamotten tragen, um sie bei Partys mit Senf zu beschmieren und mit Cola zu beläppern. Ganz abgesehen davon war überhaupt nichts Schmeichelhaftes dabei, wenn Petra Michaels Jacketts trug. Ja, wenn Marcus ihn darum gebeten hätte, dann hätte er sicher sein können, sich auf einem akzeptablen Niveau zu bewegen. Aber Marcus borgte sich nicht Michaels Kleidung, sondern meine. An Fasnacht, um als Nutte zu gehen... (Nicht daß in meinem Kleiderschrank Nuttenfummel hingen, aber wenn Jungen oder Männer Frauen verkörpern wollen, dann mimen sie ja grundsätzlich Nutten – oder Hexen.)
Aber nicht nur auf modischem Sektor wurden wir – zumindest in der Theorie – ständig auf dem laufenden gehalten, sondern wir durften auch erleben, wie überaus bereichernd es sich auf gesellschaftlichem Gebiet auswirken kann, halbwüchsige Kinder sein eigen zu nennen. So verging kaum ein Monat, ohne daß bei uns nicht eine Party stattgefunden hätte. Im eigens dafür hergerichteten und mit bis dahin nicht gekanntem Eifer ausgestatteten Untergeschoß unseres bis dato recht gemütlichen Eigenheims.
Wahrscheinlich bin ich knickrig, kleinlich und pingelig. Aber

ich rechnete mir mal aus, daß, wenn bei uns zehn Partys mit durchschnittlich zwanzig Gästen im Jahr stattfanden, die jeweils ein ziemliches Loch in meine Haushaltskasse rissen, ich doch rein rechnerisch davon ausgehen konnte, daß meine Kinder zu etwa achtzig bis hundert Feten eingeladen würden, wobei die Zahl noch sehr niedrig angesetzt war, da unter den Eingeladenen wenige Geschwister waren.
Unsere Kinder wurden aber zu höchstens zwanzig Partys eingeladen. Verkehrten sie etwa vorwiegend mit Obdachlosen, oder benahmen sie sich so schlecht, oder war eben ich wieder mal der Fuzzi, der sich alles gefallen ließ?
Zumindest bekamen wir auf diese Weise junge Leute zu Gesicht, die wir sonst höchstens in den Fernsehnachrichten über Demonstrationen, Hausbesetzungen oder Popkonzerte gesehen hätten.
Ein paar der Kinder hatten überdies sehr aufgeschlossene und interessierte Eltern. Die kamen um zehn, um ihre Sprößlinge abzuholen, saßen aber um Mitternacht immer noch im Wohnzimmer, aßen, tranken und führten sehr angeregte Gespräche mit uns über die Verantwortung in der Erziehung und dergleichen.
Wenn wir allerdings unsere Kinder mal von einer Party abholten, waren die verantwortungsbewußten Eltern meist ausgegangen, hatten das Feld geräumt, um den jungen Leuten die Möglichkeit zu eröffnen, Selbständigkeit und eigenes Verantwortungsbewußtsein zu entwickeln.
Bei all dem gelegentlichen Zorn über die Unverfrorenheit unserer Sprößlinge muß ich – zu meiner Schande – die Freude darüber gestehen, daß ich bei ihnen etwas besser wegkam als Michael. Doch mache ich mir im nachhinein keinerlei Illusionen darüber, daß es kindliche Zuneigung oder etwa Dankbarkeit für mein tapfer getragenes Schicksal gewesen sein

könnte. Es war bestimmt die eiskalte Berechnung, daß ich zur Bewältigung der täglichen Unannehmlichkeiten weniger entbehrlich war als ihr Vater.
Eines Tages packte Petra Michael bei seiner Ehre. Sie behauptete, wenn er bei der Position, die er bekleidete, tatsächlich nur so wenig verdiente, dann könnte die Firmenleitung ja wohl nicht sehr zufrieden mit ihm sein.
Und was passierte? Er wand sich eine Weile, sprach was von Tarifen und gab schließlich die letzten drei Gehaltserhöhungen zu, was einen beachtlichen Auftrieb unseres Lebensstandards nach sich zog. Vielleicht hat er irgendwo ein Geheimkonto. Bei der Scheidung wird möglicherweise einiges aufgedeckt werden. Allerdings habe ich nicht vor, mich jahrzehntelang von Michael unterhalten zu lassen. Wie sollte ich da je zu meinem Porsche kommen?
Ach ja, das ist so ein Tick von mir. Schon von Kindesbeinen an wollte ich so ein Auto, wie mein Patenonkel es fuhr. Natürlich hatte ich auch immer das aktuelle Modell in Spielzeugausführung. Aber wenn ich als Kind je ein Motiv sah, erwachsen zu werden, dann um eines Tages Porsche fahren zu können. Ich bin deswegen schon ausgelacht worden, und mir wurde vorgehalten, das sei die typische Macho-Karre. Aber das ficht mich nicht besonders an. Im Gegenteil, die Machos wird es ja vielleicht in Rage bringen, wenn eine Frau auch so einen Schlitten fährt, und dann kann ich noch mal Ätsch sagen. Und alternativ kann ich deswegen trotzdem sein. Schließlich brauche ich ja nicht so idiotisch zu rasen.
Vorerst fahre ich noch den alten R4, der für mich herausgesprungen war (gebraucht natürlich), als Petra Michaels Einkommens-Geheimnis gelüftet hatte.
»Die sind ganz praktisch, meine Frau hat auch so einen als Einkaufstasche«, hatte mir damals der Autoverkäufer groß-

spurig erklärt. Doch für mich wurde die Kiste auf Rädern nicht nur zur Einkaufstasche, sondern auch zum Mitternachtstaxi für jugendliche Party- und Discobesucher – und zum Vehikel in ein Riesenstück mehr persönlicher Freiheit.
Damit will ich natürlich nicht andeuten, daß die Freiheit für mich darin bestanden hätte, mit dem R4 irgendwelche Liebhaber zu besuchen. Dazu fehlte mir immer der Mut; und jetzt kann ich sagen, daß ich mir dieses Kapitel für die kurze Zeit auch noch verbremsen kann. Schließlich möchte ich makellos dastehen, wenn ich meinen Abschied einreiche.
Keine Angriffsflächen bieten, zumal die Diskussion über Seitensprünge recht ähnlich verläuft wie die über Partner, die einander verlassen.
Die tausend Theorien, warum Männer fremdgehen, basieren doch in den seltensten Fällen auf Fehlern in der männlichen Charakterstruktur. Meist sind es diese beliebten Das-muß-man-verstehen-Begründungen: Das muß man doch verstehen, mit seiner Frau kann er über nichts Vernünftiges reden. Die hat doch nur Kinder und Haushalt im Sinn. Das muß man doch verstehen, seine Frau ist so eine Erfolgreiche, Selbstsichere, da kommt er sich völlig überflüssig vor.
Jawohl, die Gesellschaft der Männer versteht die Männer. Und wir müssen den Männern gegenüber stets Einsicht zeigen und Nachsicht üben, als steckten sie immer noch mitten in der Pubertät.
Also, offen gesagt, ich hab den Eindruck, die meisten pubertieren tatsächlich jahrzehntelang – manche bis zum Lebensende. Vielleicht würden wir sie wirklich viel besser verstehen, wenn wir sie nicht für voll nähmen.
Mein Mann hat eine Freundin, weil wir keine gemeinsamen Interessen pflegen: Ich schaue mit ihm nicht pausenlos Sportschau und Fußballspiele im Fernsehen an.

Mein Mann hat eine Freundin, weil ich ihn nicht verstehe. Ich weigere mich nämlich, ihm, wenn er kurz vor Mitternacht vom Fitness-Studio kommt, noch eine warme Mahlzeit herzurichten.
Mein Mann hat eine Freundin, weil ich einen Bildungsfimmel habe. Ich besuche seit Jahren alle möglichen Volkshochschulkurse und habe zum Beispiel meine Sprachkenntnisse bedeutend verbessert.
Mein Mann hat eine Freundin, weil ich ihm erotisch nichts zu bieten habe. Meine kläglichen Versuche (auf Empfehlung eines einschlägigen Buches), mittels einer Kerze Romantik ins Schlafzimmer zu zaubern, hat er einst mit einem Wutanfall quittiert: Ob ich nicht mal in der Lage sei, ein paar Glühbirnen auf Vorrat einzukaufen? Meinen zauberhaften, verführerischen Sexy-Anzug aus dem Chéri-Versand nahm er kaum zur Kenntnis, fragte bloß, warum ich im Badeanzug ins Bett ginge, und auf das sündhaft teure, sexualinstinktentfesselnde Moschus-Parfum mit hundertprozentiger Erfolgsgarantie reagierte er wie ein Bär im Winterschlaf.
Also bitte! Mein Mann muß doch eine Freundin haben. Das muß man doch verstehen.
Andrea, die meine Schreibergüsse stets gierig verschlingt und auch ihre qualifizierten Kommentare dazu abgibt, meinte, wenn ich noch länger in der Vergangenheitsschublade kramen würde, müßte sie mir doch den dringenden Rat geben, mal eine ›Fachfrau‹ aufzusuchen. Wahrscheinlich hat sie recht. Aber es ist für mich ziemlich spannend, Ordnung in das Chaos meines Daseins zu bringen. Lebensputz, sozusagen. Und die Aktion zeigt mir täglich deutlicher, daß das, was ich anstrebe, die einzig richtige Konsequenz ist. Aber jetzt möchte ich nicht länger herumschwätzen, denn es hat sich Bedeutendes ereignet.

Auf der Autobahn ist ein R4 einem BMW zweifellos nicht gewachsen, aber im Stadtverkehr hält er lässig mit.
Ich habe meinen Mann beschattet. Er fuhr von der Firma gleich ins Fitness-Center.
Da ich annahm, es würde ein paar Stündchen dauern, hatte ich mich mit Lesestoff eingedeckt. Aber schon nach einer Stunde kam der Frischtrainierte elastischen Schrittes wieder aus dem Muskeltempel heraus, im Schlepptau eine junge Frau. Er begleitete sie zu einem Kleinwagen, küßte sie und schwang sich dann hinter das Lenkrad seines Autos.
Mir war fast schwindelig vor Angst, er könnte mich sehen, aber er schaute sich überhaupt nicht um, als sei es die selbstverständlichste Sache der Welt, daß sich ein Familienvater mitten in der Stadt mit seiner Konkubine abknutscht. (Vielleicht folgert er auch mit der Logik eines Kindskopfes, daß es keiner sehen kann, wenn er dabei die Augen schließt.)
Vor lauter Aufregung schaltete ich in den vierten statt in den zweiten Gang, und bei der Ampel würgte ich die Kiste ab. Doch auch wenn kein Wagen zwischen uns gestanden hätte, wäre Michael sicher nicht auf mich aufmerksam geworden. Zielstrebig preschte er in sein Glück.
So fuhren wir ein paar Kilometer durch die Stadt, bis er sein Auto abstellte. Ich hielt mich mit dem meinen in einiger Entfernung und konnte beobachten, wie auch die Frau einparkte, ausstieg, auf ihn zurannte und auf oralem Wege beinahe in ihn hineinkroch. Sie gingen miteinander auf einen der häßlichen Wohnblocks zu, die links und rechts die Straße säumten, und weg waren sie.
Ich wartete eine Weile, stieg aus und notierte mit zittriger Hand all die Namen, die neben den Klingelknöpfen standen. Zwölf Parteien waren es.
Dann fuhr ich mit schlotternden Knien heim. Mir war

schlecht vor Aufregung. Aber ich kannte kein Pardon mit mir. Schließlich hatte ich einen Plan, und die Sache wurde jetzt durchgezogen.
Im Telefonbuch überprüfte ich die Namen. Außer dreien waren alle unter männlichen Vornamen eingetragen: Herta Behler, U. Maurizak und Lieselotte Müller.
Natürlich hätte es mir gefallen, wenn Michaels Freundin Lieschen Müller geheißen hätte. Also rief ich dort zuerst an. Es meldete sich eine Stimme, die sich reichlich alt anhörte, und ich entschuldigte mich dafür, daß ich falsch gewählt hätte. Dann versuchte ich's bei Hertha Behler. Doch da meldete sich niemand. Ob Dulcibella nicht an den Apparat ging, wenn ihr Micha da war? Dann probierte ich bei U. Maurizak. Es dauerte eine Weile, doch dann kam »Uschi Maurizak« an den Apparat.
Sie war es. Das mußte sie sein. Die Babydoll-Stimme paßte zu der Frau aus dem Studio (von der ich ja zugegebenermaßen nicht viel gesehen, aber so viel erkannt hatte, daß ich sie in die Kategorie ›Lebendige Barbie-Puppe‹ einreihen konnte).
Ich gab mir einen Riesenstoß, verstellte die Stimme und sagte: »Entschuldigen Sie die Störung, gehört Ihnen der Wagen mit der Nummer ...B-3791?« Sie bejahte spontan; doch dann wollte sie wissen, weshalb mich das interessiere.
»Mein Neffe hat Angst, er könnte Ihren Wagen geschrammt haben. Und darüber macht er sich natürlich Sorgen. Er kommt morgen mal bei Ihnen vorbei. Paßt es Ihnen um sieben am Abend?«
Sie schien zu überlegen. »Nein, das geht nicht. Aber er kann ja nachmittags ins Geschäft kommen. Coiffeur Meisenberger, Friedrichstraße.«
Ha, jetzt wußte ich nicht nur, wie sie hieß und wo sie wohnte,

sondern auch noch, wo sie arbeitete. Natürlich! War Michael nicht seit einiger Zeit verdächtig oft zum Friseur gegangen? Alles klar!
Tief befriedigt trank ich ein Glas Sekt und schaute mir einen ›netten‹ Film im Fernsehen an: eine amerikanische Dreieckskomödie, in der am Schluß der Mann reumütig zu seiner Familie zurückkehrt, während seine Freundin den Schornsteinfeger heiratet.
Ich war gerade am Einschlafen, als Michael frisch geduscht und total erschöpft vom ›Training‹ kam.
Ob Uschi-Bella einen Fernseher im Schlafzimmer hat? Oder ob er für sie ein anderes Programm parat hält als sein eheliches ›Schwuppdiwupp‹?
Wahrscheinlich nicht, denn sicher sind ihm niemals Zweifel an seiner Unübertrefflichkeit gekommen. Ich hab ihn natürlich auch nicht kritisiert, das hätte ihn eventuell mißtrauisch gemacht, und genutzt hätte es eh nichts. Denn wer ein rechter Mann ist, läßt sich auf zwei Gebieten niemals kritisieren: In Sachen Fahrstil und im Sexualverhalten. Wo kämen wir denn da hin?

In rund zwei Wochen wird der Platz an Michaels Seite frei sein. Ich habe bereits damit begonnen, meine Habseligkeiten zu ordnen und – sofern ihr Fehlen nicht auffällt – zu verpakken. Es ist nicht sehr viel. In erster Linie Bücher. Die Lücken, die sie in den Regalen hinterlassen hatten, füllte ich trickreich mit Büchern der Kinder. Außer mir liest sowieso kaum jemand in der Familie Belletristik. Petra gelegentlich, aber sicher nichts aus unseren Bücherregalen. Marcus sitzt lieber stundenlang vor dem Computer, und für Michael ist Ge-

drucktes nur dann von Interesse, wenn es sich um Fachliteratur handelt.
Ich habe eine recht schöne Studiowohnung gefunden und Möbel bestellt, mit denen ich sie nach meinen Vorstellungen einrichten kann. Natürlich mußte ich dafür meine Reserven, den Vorschuß auf das Erbe von Tante Viola, anknacken. Das ist eines der sorgfältig gehüteten Geheimnisse meiner letzten Ehejahre gewesen – und ein unglaublich beruhigendes Polster. Tante Viola, die ziemlich vermögend ist und mich von all ihren Nichten und Neffen am liebsten mag, hat mir die recht erkleckliche Summe eines Tages in die Hand gedrückt, weil sie den anderen nicht traut und sie für so habgierig hält, daß sie befürchtet, sie würden mich nach ihrem Tod austricksen. Und ich habe es angelegt, ohne der Familie gegenüber einen Ton verlauten zu lassen. Nachdem Michael mir jahrelang seine Gehaltserhöhungen verschwiegen hat, die sicher auch irgendwo ruhen, habe ich ja schließlich keine Veranlassung, ihm alles auf die Nase zu binden.
Ich habe mir x-hundertmal ausgemalt, was er für ein Gesicht machen wird, wenn ich ihm meinen Entschluß mitteile. In Gedanken habe ich bereits zahlreiche Versionen durchgespielt und wieder verworfen.
Den Plan, ihn aus meiner neuen Wohnung anzurufen, habe ich aufgegeben, denn dann wäre mir ja sein Mienenspiel entgangen. Die Idee, es ihm an seinem Skatabend mitzuteilen, fand ich eine Zeitlang recht apart. Wenn Josef wieder versucht hätte, mir den Hintern zu tätscheln, wollte ich ihm eine latschen und in die allgemeine männliche Entrüstung über meinen Mangel an Humor hinein verkünden, daß es so etwas wie der Abschiedsknall zum Ausstieg aus diesem beknackten Dasein sei.
Josef! Auch wenn ich den Gedanken an die Eröffnung am

Skatabend inzwischen zu vulgär finde – ihm hätte ich doch zu gerne eins ausgewischt.
Er ist der einzige übriggebliebene Junggeselle in der Runde. »Warum sollte ich mir eine Frau anschaffen, wenn ich sie höchstens zweimal in der Woche brauche?« ist sein Argument gegen die Ehe. Und auf die Frage der Kollegen, wer dann seine Wohnung putze, seine Wäsche versorge und für ihn koche, hat er die patente Antwort: »Meine Mutter. Die macht das gern und stellt keine weiteren Ansprüche.«
Weil er aber wohl doch zu geizig ist, jedesmal ins Bordell zu gehen, wenn es ihn gelüstet, eine Frau anzufassen, grabscht er nach jeder, die in seine Reichweite kommt, als sei das sein verbrieftes Recht. Ein ausgewachsener Kotzbrocken!
Michael findet das höchstens zum Lachen und meint: »Der ist halt so, das muß man doch verstehen.«
Na gut, ich bin humorlos und verklemmt. Aber damit kann ich besser leben als mit Josefs Schleimerpfoten auf dem Po.

Das gütige Schicksal hielt eine phantastische Möglichkeit für meinen effektvollen Rückzug bereit: Michael mußte überraschend auf Geschäftsreise gehen. Drei Tage lang.
Vorher hatte ich noch die Gelegenheit, alles zu erledigen. Das Telefon war angeschlossen, Strom und Heizung abgelesen – ja sogar die Post hatte ich schon umgemeldet und die Zeitung abonniert.
Zu Hause hatte ich alles überholt, geordnet und gereinigt, und nie zuvor war mir das so leicht gefallen.
Marcus war bereits beim Militär (alles nach Wunsch), und Petra befand sich mit einer Freundin (?) auf Campingurlaub in Frankreich. Vor ihrer Abreise hatte sie mir natürlich noch

mal mitteilen müssen, daß sie zehnmal aufgeklärter sei als ich und daß es weder angebracht sei, mir Sorgen zu machen, noch sie mit praktischen Ratschlägen zu belatschern. Ich sollte lieber auf mich selber aufpassen.

Ahnte sie etwas? Sicher nicht. Das war lediglich wieder so eine der Retourkutschen, die jungen Menschen ein tiefes Gefühl der Befriedigung und Weltgewandtheit vermitteln.

So konnte ich den ersten ›freien‹ Tag ungehindert dem Umzug meiner Habseligkeiten in die neue Wohnung widmen. Andrea half mir dabei, und so wurde es eher ein Mordsspaß als eine Schufterei.

Am Nachmittag des zweiten Tages ging ich in die Friedrichstraße. Zum Coiffeur Meisenberger.

War mir der Unterschied zwischen einem Friseur und einem Coiffeur bislang nicht klar gewesen, der Salon Meisenberger leistete beste Aufklärungsarbeit. Ein schwarzgelockter Jüngling, dessen Haarspitzen offenbar in einen Goldtopf getaucht worden waren, kam mit charmantem Lächeln auf mich zu und fragte, ob die gnädige Frau einen Termin habe. Als ich verneinte, legte sich seine hübsche Stirn in besorgte Spanielfalten.

Obwohl es mich in hohem Maße gereizt hätte, mir eine ähnliche Haarfärbung, wie er sie trug, verpassen zu lassen, hörte ich mich sagen, daß ich nur das Haar gewaschen und gefönt haben wollte. Die billigste Prozedur, die mir trotzdem höchst verschwenderisch erschien, weil ich so was ja normalerweise selbst absolviere.

Zuerst geleitete mich der Jüngling zu einer gemütlichen Sitzecke, wo bereits zwei Damen und ein Herr saßen, und dann fragte er, ob ich schon eine Karteikarte hätte. Ich mußte verneinen.

Kurz darauf erschien er wieder, brachte mir einen Kaffee und

setzte sich neben mich, um meine »Personalien aufzunehmen«. Vorsichtshalber gab ich meinen Mädchennamen an, dazu meine neue Adresse und Telefonnummer. Dann begehrte der Junior-Beau zu wissen, ob ich heute oder beim nächsten Mal eine ausführliche Haaranalyse machen lassen wollte. Ich stellte fest, daß ich auf diesem Sektor extrem ignorant war, und redete mich heraus, daß ich es ein wenig eilig hätte und just eine Haarwäsche wünschte.
Er reichte mir ein paar Illustrierte und überließ mich für eine Viertelstunde dem Studium der tollsten Frisuren auf den Köpfen bildhübscher Mädchen, die allesamt unter zwanzig waren und die dreifache Haarmenge einer normalen Sterblichen auf dem Kopf zu haben schienen. Die beiden Damen und der Herr wurden zu ihren Behandlungsstühlen begleitet, und neue Kunden nahmen Platz.
Ich hatte schon die dritte Illustrierte durchgeblättert, die sich von den vorigen beiden nur in minimalen Details unterschied, aber den Eindruck noch verstärkte, daß mein Kopf einem abgenützten Besen glich und mir nur in diesen Hallen das Wunder widerfahren könnte, so hergerichtet zu werden, daß ich mich wieder unter die Leute trauen dürfte.
Schließlich wurde auch ich zu einem höchst eleganten, hypermodernen Sessel geleitet. »Moment, der Chef kommt gleich.« Ich staunte darüber, daß ich als unangemeldete Kundin vom Chef persönlich betreut werden sollte.
Und da war er auch schon. Sein Gruß war nicht einen Bruchteil so freundlich wie der des Empfangsknaben.
»Was haben wir denn da?« sagte er tadelnd, sprach aber mehr auf seine Hand ein als zu mir, nachdem er eine Strähne meines Haares gepackt hatte und sie mit einem Blick betrachtete, den therapeutischer sicher auch Freud nie zustande gebracht hätte. »Melitta«, rief er und gab dann einige Vokabeln

von sich, mit denen ich, trotz meiner elaborierten Fremdsprachenkenntnisse, nichts anzufangen wußte.
Eine spindeldürre, gescheckte Blondine mit hochgebauschter Wuschelmähne, schwarz umrandeten Augen und schwarzroten Lippen bestätigte, daß sie die Botschaft verstanden hatte, und kam mit einem Armvoll kleiner Plastikfläschchen auf mich zu.
»Ich würde Ihnen dringend zu... (unverständliches Wort) raten. Und dann müssen Sie unbedingt etwas Farbe reinbringen«, teilte mir der große Meister im Befehlston mit, wobei er sich keine Mühe gab, seine Geringschätzung für meinen schlecht gepflegten Kopf zu verbergen. Melitta kam, schob mich zu einem Becken und brach mir beinahe das Genick, als sie meinen Kopf nach hinten zerrte, um mir das Haar zu waschen.
Dann schabte sie mit ihren langen, schwarzroten Krallen auf meiner Kopfhaut herum, und ich fragte mich im stillen, wie sie mit ihren Fingern wohl auf dem Örtchen zurechtkam.
Nach einer halben Stunde im Salon hatte ich immer noch keinen Blick auf Uschi-Bella erhaschen können. Hoffentlich bediente sie nicht nur Herren. Dann wäre die ganze Quälerei umsonst gewesen.
Doch das Glück war mir hold: Melitta hatte gerade meine mit allen Aufbaustoffen genährten Haare mit einem Handtuch verhüllt, das die Schärfe ihrer Krallen ein klein wenig dämpfte, da tauchte Uschi auf, um mich weiterzubehandeln.
Mir fiel die Hebel-Geschichte vom ›Barbierjungen von Segringen‹ ein, die sowohl in meinem als auch in den Schulbüchern meiner Kinder einen Ehrenplatz einnahm (wie ganz bestimmt bei Generationen vor und sicher auch nach uns). Aber Uschi-Bella hielt ja kein Rasiermesser in der Hand, sondern Kamm, Bürste und Fön, mit denen sie so geschickt um-

ging, daß ich nach der Prozedur zwar nur noch halb so viele Haare wie zuvor auf dem Kopf hatte, es aber nach mindestens doppelt soviel aussah.
Mit meiner Einschätzung der ›Rivalin‹ hatte ich übrigens nicht allzu falsch gelegen. Sie mochte zwar etwas älter sein, als ich erwartet hatte, wohl Mitte zwanzig, gab sich aber sehr kindfraulich, was sie wieder jünger wirken ließ. Sie war recht hübsch – auf etwas gewöhnliche Weise zwar, doch durchaus ansprechend – und gut proportioniert.
Das einzige auffallend Unangenehme war ihre Stimme, die ich ja schon vom Telefon kannte, eine richtige ›Baby-möchte-Schnuller-haben-Stimme‹.
Insgeheim zog ich Rückschlüsse auf Michaels erotische Phantasien. Das wäre *die* Erklärung...
Uschi arbeitete ganz schön lang an mir. Sie verschmierte eine rosafarbene, glibbrige Masse auf ihren Handtellern und knetete sie dann unter mein Haar.
Ich überlegte, wann ich sie ansprechen sollte. Im Moment wünschte ich ja keine Ohrenzeugen.
Als sie mir den Spiegel brachte und mich meinen Blusenkragen von hinten bewundern ließ, konzentrierte ich mich, bildete mir ein, ich spielte eine Rolle, holte tief Luft und sagte: »Frau Maurizak (Fräulein Uschi wäre mir denn doch zu lächerlich erschienen), ich warte nach Ihrem Dienstschluß auf Sie im Café Laser.«
Sie riß die blaßblauen Kinderaugen auf bis zum Anschlag. Das personifizierte Fragezeichen.
»Mein Name ist Fischer. Amanda Fischer (mein Name ist Bond, James Bond... starke Formel). Ich möchte Ihnen dringend empfehlen, meine Einladung anzunehmen, da ich mit Sicherheit davon ausgehe, daß Sie Ihr Privatleben nicht vor Ihrem Chef diskutieren wollen.«

Ich war sehr zufrieden mit mir. Uschi-Bella war inzwischen unter ihrem rotblonden Haar dunkelrot angelaufen, stammelte, als piekste sie bereits die Messerspitze zwischen den Rippen, sie würde kommen, und schaute sich ängstlich um.
»Seien Sie unbesorgt«, versicherte ich ihr souverän, »es handelt sich um ein kleines, vertrauliches Gespräch von Frau zu Frau – und noch dazu in aller Öffentlichkeit.«
Dann rauschte ich zur Kasse, entrichtete den exorbitanten Preis für die lästige Prozedur und warf meine Privatzuwendung in die Trinkgeldkäßchen der beiden Damen. Für Melitta etwas mehr, damit sie sich eine Nagelschere kaufen konnte. Es lief alles wie geplant, und ich war stolz auf meine Dramaturgie.
Als Uschi-Bella wie ein aufgescheuchtes Huhn ins Café geschusselt kam, saß ich genüßlich vor einem Eisbecher. Ich ließ den Strohhalm im Mund und blickte sie von unten herauf mit Onkel-Doktor-Blick forschend an. Sie setzte sich zwar, rutschte aber nervös auf ihrem Platz herum und schien sich äußerst unwohl zu fühlen.
Womöglich hatte sie in ihrer Panik sogar versucht, Michael im Betrieb anzurufen, was er ihr sicher nur für den allergrößten Notfall erlaubt hatte. Doch ich vermutete, daß er ihr von seiner Geschäftsreise erzählt hatte, daß er sie auch gerne mitgenommen hätte, wenn es nicht so kurzfristig auf ihn zugekommen wäre. Keine Chance. Und jetzt auch noch dieser Terror!
Ich wartete, bis sie ihre Bestellung, einen Campari-Orange, aufgegeben hatte.
»Sie sind seit einigen Monaten die Geliebte eines gewissen Michael Fischer«, konstatierte ich im Staatsanwaltston, was sie zusammenzucken und gleich darauf beschämt nicken ließ.

»Sie wissen und wußten, daß Herr Fischer verheiratet ist?«
»Ja, aber...« Sie schien etwas sagen zu wollen, brach aber mitten im Satz ab. Es war wahrscheinlich die Rechtfertigung, die sie im Bekanntenkreis immer parat hatte, wenn jemand fragte, ob Michael verheiratet sei (»Ja, aber da läuft schon lange nichts mehr. Er will sich von seiner Frau trennen...«)
»Hat Michael zu Ihnen von Scheidung gesprochen?« wurde ich etwas privater.
»Nicht direkt«, stammelte sie verwirrt. Sie knubbelte verunsichert an ihren Nägeln herum, von denen schon teilweise der glutrote Lack abblätterte. (Nicht so lang wie die von Melitta, aber lang genug, um Michaels Nacken und Rücken immer wieder aufs neue mit verräterischen Kennzeichen zu markieren.)
Dann beknabberte sie ihren rechten Daumennagel und sah mich hilfesuchend an. Der Anblick rührte mich nur mäßig.
»Sie würden es aber begrüßen, wenn Michael sich scheiden ließe?«
»Ja, natürlich!« kam es spontan, doch dann blickte sie mich aufgeschreckt an, als suchte sie in meinem Gesichtsausdruck Anzeichen dafür, daß sie etwas Falsches gesagt hatte.
»Sie würden also gerne den Platz als Frau an seiner Seite antreten, Tisch und Bett mit ihm teilen?«
Sie nickte wieder beschämt, denn offenbar hatte ich ihre intimsten Gedanken ausgesprochen.
»Sie können ihn haben!«
Uschi-Bella riß Augen und Mund auf und schien ihren Ohren nicht zu trauen.
»Ja, von mir aus können Sie meinen Mann haben. Zur Beruhigung meines Gewissens möchte ich Sie allerdings bitten, dies hier zu unterschreiben.« Und ich reichte ihr ein Schriftstück, das ich aufgesetzt hatte:

›Hiermit bestätige ich, Uschi Maurizak, daß ich gewillt bin, für das seelische und leibliche Wohlergehen meines Geliebten, Herrn Michael Fischer, zu sorgen und an Stelle seiner Ehefrau Amanda alle häuslichen und außerhäuslichen Arbeiten, die sie bisher bewältigt hat, zu erledigen.
Datum, Unterschrift.‹

Uschi-Bella las den Schrieb x-mal durch, als wäre sie schwer von Begriff.

»Es hat keinen doppelten Boden«, sagte ich, »Sie können unbesorgt unterschreiben.«

»Warum tun Sie das?« begehrte Uschi zu wissen. »Lieben Sie denn Ihren Mann nicht mehr?«

Das habe damit nichts zu tun, wich ich aus, sie solle doch mal dran denken, was er ihr erzählt habe... (einwirken lassen!) Darüber hinaus hätte ich ganz einfach den Eindruck, er passe besser zu ihr als zu mir. Und für sie sei es doch auf die Dauer eine Zumutung, daß sie gezwungen sei, das Dasein einer heimlichen Geliebten zu fristen, ohne Aussicht auf gesellschaftliche Anerkennung.

Das war die Zauberformel. Sie riß mir das Blatt aus der Hand und unterschrieb. Ich drückte ihr noch eine Kopie in die Hand, »für Ihre Unterlagen«.

Sie schlürfte an ihrem Campari herum, und während der Pegel im Glas sank, kehrte Farbe in ihr Gesicht zurück.

»Ich hätte gar nicht gedacht, daß Sie so nett sind«, ließ sie mich wissen, »nach allem, was mir Mike über Sie erzählt hat.« (Mike nannte sie ihn also. Na, das klang ja mindestens eine halbe Generation jünger als »Micha«, wirkte echt cool...)

Dann meinte sie mir noch anvertrauen zu müssen, daß sie bisher in ihrer Beziehung zu Männern nicht vom Glück verwöhnt worden sei. Noch keiner hätte es so richtig ernst ge-

meint, alle wären nur immer drauf aus gewesen, sie auszunützen.
Ich ersparte ihr die Pein weiterer Enthüllungen, indem ich für uns beide bezahlte und mich erhobenen Hauptes und erfolgsgeschwellter Brust zu meinem rostigen R4 begab.

Gerade rief Michael an und fragte, wie es mir gehe. Ich erzählte ihm, daß ich bei allem, was ich mir vorgenommen hätte, bestens vorangekommen sei und daß ich mich phantastisch fühlte.
»Das hört sich ja an, als hättest du gar keine Sehnsucht nach mir«, scherzte er.
»Oh, im Gegenteil, ich kann es kaum abwarten, bis du wieder zurück bist«, widersprach ich, und was den zweiten Punkt anbelangte, entsprach es durchaus der Wahrheit.
Er sagte, er würde morgen am späten Nachmittag kommen, aber am Abend wolle er noch ins Fitness-Studio gehen. Das müßte ich verstehen, wo er sich doch tagelang kaum bewegt hätte.
»O ja, ich verstehe sehr gut«, sagte ich und rollte die Augen, was er natürlich nicht sehen konnte.
Die letzte Nacht im Ehebett! Allein und glücklich; am Vorabend einer besseren Zukunft. Ich werde keinerlei Gefahr laufen, sentimental zu werden. Die Mitteilung, daß er am nächsten Tag sein Fitness-Training zu absolvieren gedenkt, hat meinen Giftzahn aufs neue gefüllt.
Ob er nach meiner Eröffnung immer noch starke Trainingslust verspüren wird?

Amanda schlägt zu...
Kurz nach vier fuhr der Wagen vor. Ich füllte Eiswürfel in zwei Gläser und bereitete uns einen Drink. (In brenzligen Situationen ist es immer gut, sich nach einem bewährten Vorbild zu richten, und da leisten amerikanische Intrigenserien wirklich unschätzbare Dienste.)
»Ein Schaumbad für einen abgekämpften Krieger!« rief mein Nahkampfspezialist, noch bevor er mich zu Gesicht bekommen hatte.
»Na, so wild wird's doch nicht gewesen sein.«
»Wer sich's zu Hause den ganzen Tag hübsch und bequem einrichten kann, hat von den Strapazen eines solchen Seminars natürlich keine Ahnung.«
Die alte Leier! Aber da ich so viel Aufrichtendes in petto hatte, ging ich auf das Geschwätz nicht ein.
»Dem Ingeniör ist nichts zu schwör«, zitierte ich seinen Lieblingsspruch. (Dieser Satz! Was hat der mich schon genervt. Er paßt ja auch immer und überall und ist bestens geeignet, so hochqualifizierte Tätigkeiten wie Flaschenentkorken oder Glühbirnenauswechseln zu kommentieren. Der erste Reim, den Klein-Marcus fast fehlerfrei aufsagen konnte: Dem Indenör nittu sör...)
Ich geleitete den müden Heimkehrer ins Wohnzimmer und reichte ihm sein Glas. Er ließ sich in den Polstersessel plumpsen und leerte das Glas auf einen Zug.
»He, da war hoffentlich kein Alkohol drin! Ich muß noch weg.«
Dieses Verantwortungsbewußtsein, diese Zuverlässigkeit!
»Mach dir keine Sorgen, fast purer Fruchtsaft mit Spurenelementen von Rum.«
Ich war stehengeblieben, weil ich es wirkungsvoller fand und so bessere Möglichkeiten sah, meine Körpersprache einzu-

setzen. Vom Sessel aus kann man nun mal keine hochdramatischen Aussagen treffen.
Ich fühlte mich recht wohl in meiner Haut. Mein Haar hatte ich einigermaßen hindressiert, nicht so, wie Uschi es fertigbrachte, aber trotzdem ganz gut gestylt. Und dann trug ich ein phantastisches stahlblaues Seidenkleid: vordergründig unglaublich schlicht, doch von bestechender unterschwelliger Eleganz. Extra für diesen Moment gekauft.
Lässig, mit einer Schulter leicht am Bücherregal angelehnt, betrachtete ich den matten Mann, der da mit gespreizten Beinen im Sessel lag.
»Also, dann gib mir noch einen, wenn er wirklich so harmlos ist«, bestellte er beim Home-Service ein weiteres Glas.
Ich schwebte in meinen neuen Hochhackies auf ihn zu, nahm das Glas mit graziöser Geste vom Tisch, tänzelte zur Hausbar, füllte das Glas und reichte es mit einer Handbewegung à la Pawlowa meinem Antagonisten.
Unter der belebenden Wirkung des zweiten Drinks schienen sich auch seine Augen leicht für die Umgebung zu öffnen.
»Hoppla, du siehst aber flott (flott!) aus, hast du noch was Spezielles vor heut abend?«
Ein besseres Stichwort hätte ich mir nicht wünschen können.
»Ja, so könnte man es wohl nennen. Etwas sehr Spezielles habe ich noch vor heute abend.«
Michael gab seine entspannte Sessellage auf, stützte die Ellbogen auf die Knie und fragte mißtrauisch forschend: »Darf dein angetrauter Ehemann vielleicht fragen, was?«
Angetrauter Ehemann! Doppelte Betonung des ›Du-gehörst-mir-schon-allein-per-Gesetz‹. Hochinteressant in dieser Situation. Ich bereute die beiden Volkshochschulkurse in Psychologie keine Sekunde lang.

Ich setzte ein strahlendes Lächeln auf, in welchem ich gleichzeitig eine Aura der Großzügigkeit auszustrahlen gedachte: »Aber sicher darf er das, wo es *ihn* doch in allererster Linie betrifft.«

Michael hatte sich im Stuhl aufgerichtet und blickte mich gespannt an.

»Ich werde dich heute abend verlassen.«

Es war genauso tief herausgekommen, wie ich es geplant hatte, mit Good-bye-Johnny-Timbre.

»Du verreist? Mit wem?«

Ganz cool, Amanda. – »Du verstehst mich falsch. Ich verreise nicht, ich ziehe aus. Ich verlasse dich.«

Das war der Film meines Lebens. Das war Hollywood im neualtdeutschen Wohnzimmer.

»Wie bitte?! Du spinnst wohl! Haha, du willst mich verkohlen!«

Rasch war die Verwunderung dem Schrecken gewichen. Ich gab meine Divapose auf und setzte mich nun doch.

»Nein, Michael, mir ist es ernst.«

Er war rot angelaufen und schaute mich lauernd an. »Wie heißt der Kerl?«

Einen anderen Grund konnte er sich wohl nicht vorstellen. Im stillen war ich froh darüber, daß es da wirklich niemanden (noch niemanden!) gab. Ein schlechtes Gewissen hätte meine Position erheblich geschwächt.

»Der Kerl heißt Michael Fischer. Und der wird künftig ohne mich zurechtkommen müssen.«

Er warf sich zurück in seinen Sessel. »Das kannst du mit mir doch nicht machen! Wie stellst du dir das eigentlich vor?«

Ich erhob mich. »Das wirst du gleich sehen.« Sprach's, zog ein gefaltetes Blatt Papier aus dem Bücherregal und reichte es Michael.

Er las den von Uschi signierten Vertrag und verfärbte sich noch tiefer rot. Wie erwartet, leugnete er zunächst, daß sie eine Rolle in seinem Leben spielte. Sie hätte ihm halt das Gefühl gegeben, noch jung und begehrenswert zu sein.
»Ich sollte mich vielleicht auch mal nach jemandem umschauen, der bei mir Ähnliches leistet.«
Michael meinte, ich müßte doch wissen, daß es bei Männern so was mal gäbe und daß es doch mit uns beiden nichts zu tun hätte. Ich wüßte doch, daß er immer nur mich geliebt hätte, und ich sollte doch auch an die Kinder denken.
»Wenn ich nicht permanent an die Kinder gedacht hätte«, eröffnete ich ihm, »dann wäre ich schon vor zehn Jahren abgehauen.«
Nach einer kurzen Pause betroffenen Schweigens kam die klassische Frage, ob es mir denn je an etwas gefehlt hätte. Die konnte ich nur mit einem trockenen Lachen quittieren.
Er könnte ja Schluß machen mit Uschi, wenn ich das alles so eng sähe, versuchte er einzulenken. Doch ich erklärte ihm, daß ich es äußerst unfair fände, wie er sich jetzt von seiner Uschi distanzierte, nachdem er ihr Hoffnungen auf die Ehe gemacht hatte.
Daran wollte er sich natürlich nicht erinnern.
»Du brauchst mir keine Antwort zu geben, aber zähl mal für dich im Geiste nach, wie oft du ihr gesagt hast, du wolltest dich scheiden lassen...«
Er befand sich wirklich in einer bescheuerten Situation und begann bereits, mir leid zu tun. Gewaltsam mußte ich mir in Erinnerung rufen, wie wenig Mitleid er mit mir gehabt hatte während all der Jahre, daß er ein verdammter Egoist war und mich in erster Linie zur Steigerung seiner Bequemlichkeit benützt hatte.
Plötzlich bekam er einen verschlagenen Gesichtsausdruck.

»Ich komme zwar noch nicht dahinter, aber irgendein fieser Trick ist dabei. Willst du mich etwa erpressen? Ich warne dich! Wenn du einfach abhaust, dann ist das ›böswilliges Verlassen‹, und das ist ein Scheidungsgrund.«
Ich schwenkte den Zettel durch die Luft und sagte: »Und das ist ›grobe Unbill‹, ein Grund für Scheidung ohne Wartefrist!«
Dann überreichte ich Michael das Kuvert mit dem Brief, in dem ich festgehalten hatte, wie ich mir die finanzielle Seite der Geschichte vorstellte, aber er schleuderte es in die Ecke und brüllte, ich solle ihn mit meinem Schwachsinn verschonen.
Ich ergriff meine Handtasche, warf sie am langen Riemen lässig über die Schulter wie einst Marlene ihre Straußenfedernboa und verließ den Ort des Dramas.
Kaum zwei Stunden währte der Friede in meiner neuen Wohnung, als das Telefon schrillte. Außer Michael kannte nur Andrea die Nummer. Mit ihr hatte ich ein spezielles Klingelzeichen abgemacht. Aber da es ununterbrochen schellte, stellte ich das Läutwerk auf ganz leise und vergrub das Telefon unter zwei Kissen sowie einer Decke. Es brummte noch mehrere Male drunter vor, konnte jedoch meine Kreise nicht stören.
Ich schrieb Briefe. Einen an Petra, den ihr hoffentlich ihr Vater aushändigen würde, und einen an Marcus. Natürlich bemühte ich mich, Michael darin so sanft geschoren wie möglich wegkommen zu lassen; ich verwies nur sachte auf die Möglichkeit, daß sie eventuell in Zukunft eine andere Frau am heimischen Herd vorfinden würden und daß sie doch bitte nachsichtig mit ihr umgehen sollten, da ja aller Anfang seine Tücken habe.
Was mich selber anbelangte, so teilte ich ihnen mit, daß ich

nach zwei Jahrzehnten an der Familienfront nun doch ziemlich viele individuelle Pläne hätte, mich aber immer sehr freuen würde, sie als meine Gäste begrüßen zu dürfen.

Die erste Nacht in der neugewonnenen Freiheit, in der neuen Wohnung, war nicht lang, doch entspannend gewesen. Ich fühlte mich schon kurz nach sieben in der Lage, den Telefonhörer abzunehmen und mich mit Michael zu unterhalten. Er wollte, wie erwartet, daß ich wieder zurückkäme. Die Argumente, die er anführte, waren jedoch eher dazu angetan, mich auf alle Ewigkeit zu vergraulen, als mich in seine Arme zurückzutreiben.

So war es mir zum Beispiel ziemlich piepegal, was er seiner Mutter erzählen würde und was sie dann über mich denken könnte. Auch seine Sorgen darüber, daß er bei einer Trennung in eine ungünstige Steuerklasse käme, waren für mich kein Argument.

Ob ich mir das alles nicht wenigstens noch einmal durch den Kopf gehen lassen wollte?

Konnte er etwa Grund zur Annahme haben, es hätte sich bei mir um eine unüberlegte Handlung gedreht, wo ich doch die ganze Geschichte so exakt eingefädelt und perfekt organisiert hatte? Natürlich, er hatte sich ja nie Gedanken darüber gemacht, was in meinem Kopf vorgehen könnte.

Er druckste noch eine Weile herum, und dann ließ er die Katze aus dem Sack: Nächste Woche würde ein Geschäftspartner aus Frankreich kommen, und er hätte in der Firma bereits gesagt, wie gut seine Frau französisch spreche, und sich ziemlich dafür stark gemacht, daß wir abends zur Verfügung stehen könnten.

Ein wenig ritt mich wohl der Teufel, als ich scheinheilig fragte, ob Uschi-Muschi denn kein Französisch beherrsche...
»Mensch, sei bloß ruhig!« fauchte er mich an. »Vielleicht hättest du die Güte, einzusehen, daß ich mich in einer höchst peinlichen Situation befinde.«
Ich schnalzte mit der Zunge. »Weißt du, ich habe während der letzten zwei Jahrzehnte so viele peinliche Situationen erlebt, daß ich auf diesem Sektor völlig abgestumpft bin.«
Er stöhnte verzweifelt auf. »Aber was soll ich denn tun?«
»Ihr Männer seid dann mit eurer Weisheit am Ende, wenn wir Frauen aufhören, uns für dumm verkaufen zu lassen«, bemerkte ich lakonisch und war zugleich höchst beglückt darüber, daß die neue Freiheit offenbar mit kreativen Schüben einherging.
»Ist es denn so wichtig für dich?« fragte ich und vernahm am anderen Ende ein erleichtertes Aufatmen. Er glaubte wohl, die Schlacht sei bereits geschlagen und ich würde nachgeben, damit er sein Gesicht wahren konnte.
»Natürlich ist es wichtig, das sagte ich dir ja«, kam es zwar ungeduldig, doch deutlich konziliant.
»Nun, da sehe ich eine Möglichkeit: Unsere Tochter weilt ja zur Zeit in Frankreich. Sie kommt bestimmt dieser Tage zurück, und ich schätze, ihre Sprachkenntnisse sind dann noch besser als meine. Du solltest sie allerdings gut dafür entlohnen, denn sicher kann sie sich was Spannenderes vorstellen als einen Abend mit alten Herren.«
Michael hätte mich liebend gerne erwürgt. Das spürte ich durch den Draht.
»Mein Chef wird dabeisein! Es ist mir wichtig, den positivsten Eindruck zu machen.«
»Zur optimalsten Gewinnmaximierung«, führte ich seine verkorkste Superlativsprache ad absurdum.

»Mein Gott, ich kann doch nicht mit so einer grünen Göre ohne Manieren antanzen!«
Ich amüsierte mich prächtig. »Dein Gott, dein Chef, alle da, bloß deine Frau steht nicht mehr zur Disposition... Übrigens, was heißt hier ›keine Manieren‹? Willst du etwa meine erzieherischen Qualitäten in Frage stellen? Unsere Tochter ist ein hübsches, kluges, wohlerzogenes junges Mädchen.«
»Ach, Mandilein«, zog er das nächste Register, »du weißt genau, was ich meine. Kannst du mir nicht dieses eine Mal den Gefallen tun. Es soll bestimmt nicht wieder vorkommen, daß ich über dich verfüge, ohne es zuvor mit dir abzusprechen.«
Haha, der hatte vielleicht Nerven. Er hatte überhaupt nicht mehr über mich zu verfügen. Basta.
»Also gut«, sagte ich, »Escort-Service – fünfundzwanzig pro Stunde plus Spesen.«
Er schluckte. »Was soll das heißen?«
»Das soll heißen, daß man für etwas, worauf man sehr großen Wert legt, eben löhnen muß. Und das soll auch heißen, daß eine gewisse Amanda Fischer von nun an bis in alle Zukunft null Bock hat, zum Nulltarif für andere Leute die Kastanien aus dem Feuer zu puhlen. Dies müßte doch die Sprache sein, die dir einleuchtet.«
Pause. Wahrscheinlich addierte er Stunden und multiplizierte mit fünfundzwanzig.
»Was meintest du mit Spesen?« kam die matte Frage des zappelnden Fischs angesichts eines gierigen Hais.
Also, ich muß schon zugeben, daß es recht schamlos war, wie ich meine Macht ausspielte, wie ich es genoß, den stets aufopferungsbereiten Familienvater der gnadenlosen Raffgier einer raffinierten Ausbeuterin ausgeliefert zu wissen.
»Unter Spesen verstehe ich finanzielle Mittel für standesgemäße Garderobe. Du wirst ja nicht erwarten, daß ich im

praktischen Hauskittel zum exklusiven Dinner erscheine. Das würde kein sehr gutes Licht auf dich werfen.«
Deutlich hörbar zog er die Luft ein. »Was du gestern abend anhattest, würde ich sehr passend finden.«
»Tut mir leid, da hab ich einen dicken Fettflecken draufgesetzt. Das muß zuerst in die Reinigung. Aber selbst wenn es rechtzeitig fertig wäre, wirst du doch wohl nicht annehmen, ich könnte zwei Abende hintereinander in demselben Fummel antanzen.«
Aber ich wollte nicht übertreiben. Als großzügiges Angebot in Güte schlug ich ihm vor, selber die Hälfte der Kosten für die neue Garderobe zu berappen, weil ich sie ja anschließend auch verwenden könnte.
Da er keine andere Wahl hatte, akzeptierte er schließlich unter Zähneknirschen.

Am Nachmittag wollte ich meine Eltern besuchen, traf allerdings nur meine Mutter an, da sich mein Vater auf einer mehrtägigen Wanderung mit seinen Kegelfreunden befand. Um so besser!
Meine Mutter drückte mich bewegt an ihren Busen und war sehr entzückt über die »erfreuliche Nachricht«.
Ja, das ist Mama. Sie schert sich keinen Deut um Konventionen. Sie hat immer das getan, was sie für richtig hielt. Hoch erhobenen Hauptes. Und nicht selten entgegen den Ermahnungen, Warnungen und Beschwörungen meines Vaters. Was wußte er denn schon! Ein Paragraphenreiter, ein Aktenwurm. Mochte er anderen Leuten als Richter (und seinen Kindern als Vater) Furcht und Respekt eingeflößt haben, ihr nicht! Was hatte er schon vorzuweisen, verglichen mit ihr? Wie viele Leute waren zu seinen Auftritten gekommen? Ein paar Handvoll normalerweise, an die hundert, wenn's

hoch kam. Doch sie hatte vor Tausenden und Abertausenden gesungen, hatte als begehrte und gefeierte Opernsängerin mit ihrer Stimme die Menschen beglückt oder zu Tränen gerührt.
Obwohl das alles ziemlich lange zurückliegt, verfügt meine Mutter immer noch über das unverwüstliche Selbstbewußtsein der Diva. Sie läßt auch als alte Dame noch jeden strammstehen, wenn ihr danach ist.
Sie tätschelte meine Hand und lächelte. »Ach, Kind, ich freu mich ja so, daß du den Mut aufgebracht hast! Diese Leute haben doch nie zu uns gepaßt.«
Allerdings meinte sie, sie dürfte meinem Vater die Neuigkeit »erst nach dem dritten Glas« beibringen. »Er ist halt immer noch so konservativ! (Ob sie die Hoffnung noch nicht aufgegeben hat, eines Tages einen fortschrittlich denkenden Menschen aus ihm zu machen?) Für ihn bedeutet eine Scheidung eben einen Makel.«
Wir tranken Kaffee, und ich fühlte mich wie in alten Zeiten, als die Zukunft vor mir lag, noch alles offen war und wir oft am Nachmittag verwegene und versponnene Pläne entwikkelten.
Zwei Wochen im Dunstkreis meiner Mutter, und ich würde wieder zum unmündigen Kind werden. Und es würde einer zweiten pubertären Ablösungsphase bedürfen, falls ich jemals wieder den Wunsch verspürte, mich zu emanzipieren.
Sie ist eine phantastische Frau, von der ich mir sicher eine Scheibe abschneiden könnte, aber sie ist eben in atemberaubendem Ausmaß dominierend; ein Prachtgewächs, das jeden Sonnenstrahl auf sich zieht und in seiner Nähe keine andere Pflanze richtig gedeihen läßt.
Obwohl auch Beatrice und mein Bruder Frederik seit vielen Jahren das Elternhaus verlassen haben, stehen unsere Zim-

mer immer noch für uns bereit, als wären wir just ein paar Tage verreist – Mutters Überzeugung, daß wir uns nur bei ihr wirklich zu Hause fühlen können.
Sie trug es jedoch mit Fassung, daß ich nicht unter ihre Fittiche zurückkehren wollte, zeigte Verständnis dafür, daß ich auf eigenen Füßen zu stehen wünschte. Ob nicht wenigstens die Kinder bei ihr wohnen wollten, fragte sie. Aber ich versicherte ihr, die hätten zur Entfaltung ihrer eigenständigen Persönlichkeit auch dringend ein paar Lektionen nötig.
»Du wirst es ihnen allen zeigen«, prophezeite Mutter, optimistisch wie immer. »Ich gebe dir jede Unterstützung, die du brauchst.«
Natürlich bin ich der Meinung, daß meine Eltern, und vor allem meine Mutter, schon mehr als genug für mich getan haben. Aber da ich keine Ahnung habe, inwieweit die Banken mich für kreditwürdig halten werden, bin ich doch ziemlich froh über dieses Angebot, das mir zumindest vorübergehend von großem Nutzen sein kann.
Auf der Heimfahrt in mein neues Domizil wurde mir klar, daß ich an diesem einzigen Tag, bilanztechnisch betrachtet, mehr erreicht habe als während der letzten Jahre.
Eigentlich hatte ich vor, die erste Woche in Freiheit ausschließlich meiner Entspannung und meinem Vergnügen zu widmen und endlich einmal Dinge zu tun, zu denen ich vorher nie Zeit hatte. Nun sind es wegen meines ›Escort-Auftrags‹ nur noch vier Tage. Doch die will ich ausnützen.

Zwei Tage lang bin ich nun gemächlich durch Galerien geschlendert, habe mir stundenlang die Auslagen der Juweliere angeschaut, in Gedanken Tausende, in Taten Hunderte aus-

gegeben. Ich fühle mich beschwingt und fähig, alles zu erreichen, was ich mir nur fest in den Kopf setze.
Dabei kommt mir die Lektüre, die ich während der letzten Monate gierig verschlungen habe, sicher zustatten: alles, was ich über erfolgreiche Frauen finden konnte.
In früheren Jahren habe ich mich in meiner Verzweiflung in romantischer Literatur gesuhlt, um mich über mein trübes Dasein hinwegzutrösten, und empfand dann die Realität jedesmal wie einen Schlag mit einem nassen Lappen ins Gesicht.
Die Biographien erfolgreicher Frauen allerdings haben mir bewiesen, daß es Frauen schaffen können. Auch solche, die nicht mit den fulminanten Qualitäten meiner Mutter ausgestattet sind. Aber irgendwo müssen ja selbst die in mir schlummern. Vielleicht brauchen sie nur ein wenig Geburtshilfe.

Gestern nachmittag ging ich in das Freizeitbad, für das die Kinder so schwärmen. Ich sauste die schier nicht enden wollende Rutschbahn hinunter, ließ mich vom Wildwasserstrudel mitreißen und lag in der blubbernden Rinne, wo pausenlos Luftbläschen auf mich zuschossen.
Die Gewißheit, daß niemand Forderungen an mich stellen würde, kein Mensch fragen, wann es endlich etwas zu essen gäbe und was, berauschte mich geradezu.
Als ich mich so wohlig im Bewußtsein meiner neu eroberten Freiheit rekelte, fiel mir auf, daß neben mir immer derselbe Mann schwamm oder lag. Irritiert und nachdenklich blickte ich ihn an. Er lächelte charmäntlich.
»Hallo«, eröffnete er die Konversation, »ist es nicht schön hier?«
Ich überlegte kurz, ob ich den Faden aufnehmen sollte, aber

da ich ja in Sachen Flirt ziemlich unterbelichtet bin und dringend des Trainings bedarf, beantwortete ich die geistvolle Frage und fügte hinzu, daß ich das erste Mal da sei.
Er ließ mich wissen, daß er wöchentlich komme. Er kenne auch den Manager gut, und »ganz unter uns« vertraute er mir auch die momentane wirtschaftliche Situation des Unternehmens an.
»Wenn wir schon im gleichen Badewasser sitzen, könnten wir uns auch beim Vornamen nennen«, schlug er dann vor.
Na ja, für die Wanne sehe ich das Argument schon ein – daß es fürs Schwimmbad auch gelten soll, erschien mir doch recht kühn. Aber bitte, vielleicht gehört das zu den freizeitgesellschaftlichen Spielregeln, die ich erst noch lernen muß.
»Ich heiße Theo, und du?«
Da ich mich doch ziemlich überrumpelt fühlte, nahm ich mir wenigstens die Freiheit heraus zu lügen. »Deborah.«
Er reichte mir die Hand, als gäbe es einen Vertrag zu besiegeln, und erzählte von sich. Pausenlos. Was er arbeitete, wo er studiert hatte, wo er wohnte, wie er eingerichtet war, daß alles sehr teuer sei (worauf ich einwarf, daß ich eigentlich erwarten würde, daß ein Mensch mit solch aufwendiger Ausbildung standesgemäß wohne), wo er seinen Urlaub verbrachte, im Sommer oder im Winter, und wohin er verreiste, wenn er zwischendrin mal ein paar Tage Zeit hatte.
Er erzählte mir von der alten Dame, die seinen Hund hütete, wenn er verreist war. Daß sie die Witwe des Besitzers eines großen Verlagshauses sei, mindestens soundsoviele Millionen »schwer«, mit einem Haus in der Schweiz und einem an der Côte d'Azur (und ich fragte mich, ob sie seinem Hund einen Heiratsantrag gemacht hätte oder warum er das alles erzählte). Und dann durfte ich noch erfahren, mit wem er Golf spielte, mit wem er Skat drosch und mit wem er zu Mit-

tag aß. Ich staunte, und um auch mal was zu sagen, fragte ich ihn, ob er geschieden sei, obwohl das eigentlich auf der Hand lag.
»Ja, seit Jahren schon.«
»Und deine Frau?«
»Was soll mit der sein? Die hat Lust gehabt, sich scheiden zu lassen, weil sie irgend so einen komischen Fimmel von Selbstverwirklichung hatte, und dann hat sie wieder geheiratet. Das gibt es heutzutage oft.«
Ach nein! Eigentlich hatte ich jetzt genug von der einseitigen Konversation, doch Theo wich mir nicht von der Seite. Das mit dem Abwimmeln muß man auch erst mal lernen.
Er tat, als gehörten wir zusammen, grabschte im Wasser nach mir, tauchte mich von unten an, biß in mein Bein und umfaßte meine Taille. Als ich rausging, kam er mir nach. Er folgte mir ins Café, setzte sich neben mich und sprach über das Fernsehprogramm. Offenbar kannte er alle Shows und fand sie fast ausnahmslos toll. Als ich äußerte, das seien doch größtenteil Produktionen für Schwachsinnige, fühlte er sich nicht angesprochen.
Wir waren schon etwa eineinhalb Stunden zusammen, und er hatte nur über sich gesprochen. Der Gedanke, daß es im Leben einer Frau auch etwas geben könnte, das der Rede wert war, schien ihm gar nicht zu kommen.
Wie gut konnte ich seine Ex-Frau verstehen!
»Was machen wir heute abend?« unterbrach Theo meine Gedanken.
»Guter Mann«, sagte ich, »jetzt kennen wir uns knapp zwei Stunden…«
Er ließ mich nicht ausreden.
»Mein Gott, was macht das schon! Wenn man sich so gut versteht, dann spielt das doch keine Rolle.«

Trotzig und beharrlich legte ich Wert darauf, meinen Satz loszuwerden, und begann von neuem: »Guter Mann, jetzt kennen wir uns knapp zwei Stunden. Während der Zeit haben Sie (sein Du sollte er sich sonstwohin stecken!) unablässig über sich geredet und dabei die allerletzten Details aus der hintersten Ecke gekramt, ohne einen Gedanken daran zu verschwenden, ob es mich interessiert oder nicht. Noch haben Sie es für nötig gehalten, sich auch nur mit einem einzigen Satz danach zu erkundigen, was ich mache.«

Er glotzte mich an, als wäre ich gerade vor seiner Nase einem UFO entstiegen.

Nach einer Weile fragte er: »Ja und, was machst du?«

Schwer von Begriff schien er auch zu sein, er hatte wohl nicht registriert, daß ich ihn siezte, oder er setzte sich über meine Entscheidung einfach hinweg.

»Ich bin Analytikerin«, log ich, »Psychoanalytikerin.« Dann winkte ich die Bedienung herbei, sagte »getrennt, bitte« und ließ den verdatterten Theo mit den leeren Tassen zurück.

Gerade als ich die Schwimmhalle wieder betreten wollte, stellte sich mir jemand in den Weg. Josef. O Schreck! Ein Unglück kommt selten allein...

»Sieh da, sieh da«, ließ er genüßlich-fies verlauten, »während der treue Ehemann Schweiß und Blut vergießt, um Frau und Kindern ein schönes Leben zu ermöglichen, flirtet die Angetraute im Bad mit Männern. Leugnen ist zwecklos. Ich habe alles beobachtet.«

Ich legte alle Verachtung, derer ich fähig war, in meinen Blick. »Du bist auch nicht auf dem neuesten Stand.«

Doch dann überlegte ich mir, daß ich ihm ja nicht unbedingt auf die Nase zu binden brauchte, daß ich meinen Mann verlassen hatte. »Michael verdient sein Geld mit dem Kopf, nicht mit den Händen«, zog ich mich aus der Affäre.

»Ach, was du nicht sagst, es ändert aber nichts an der Tatsache, daß du ihn betrügst, während er schuftet.«
Ich empfahl ihm dringend, seine Ausdrucksweise zu überholen, sonst könnte ihm von weniger großzügigen Naturen mal eine Anzeige ins Haus flattern.
»Ach, du bist großzügig«, höhnte er, bekam aber gleichzeitig ziemlich lüsterne Augen. »Na, das ändert natürlich alles.«
Jetzt war ich doch neugierig, wie weit er in seiner schamlosen Dreistigkeit gehen würde.
»Ja, da schlage ich doch vor, daß du nachher mit zu mir kommst, damit ich mir vor Ort ein Bild von deiner Großzügigkeit machen kann.«
Ich kochte. »Du bist das ekelhafteste Schwein, das mir je begegnet ist«, zischte ich. »Geh doch nach Hause zu deinem BT-Wix, aber laß mich in Ruhe!«
Es brauchte viel kaltes Wasser unter der Dusche, bis ich mich einigermaßen erfrischt fühlte. Männer!
Auf der Heimfahrt löste sich langsam der Zorn, der meinen Magen zusammengeschnürt hatte, und ich freute mich auf einen gemütlichen Abend in *meiner* Wohnung.
Doch kaum hatte ich meine nassen und feuchten Badeutensilien versorgt, da läutete es ziemlich kräftig an der Tür.
Petra war vom Urlaub zurück und machte mir mit äußerst energischem Ton durch die Sprechanlage klar, daß sie mich zu sprechen wünschte.
Welche Freude! Doch als ich sie strahlend unter der Wohnungstür erwartete, sah es gar nicht danach aus, als wollte sie meine Herzlichkeit erwidern.
Hier mußte irgendein geheimnisvoller Rollentausch stattgefunden haben. Denn meine eigene Tochter behandelte mich wie die gestrenge Mutter ihr ungezogenes Kind.
»Aha, hier steckst du also!«

Ich zog sie in die Wohnung, denn ich hatte keine Lust, ihren Kasernenton über die ganze Etage hallen zu hören. Mit großen Augen blickte sie sich um, und was sie sah, schien sie leicht aus dem Konzept zu bringen. Doch dann fing sie sich wieder.

»Wir sind empört über dein Benehmen!«

Es gelang mir nicht vollständig, meine Belustigung über diese aufgeplusterte Moraltante zu verbergen, und ich fragte erst einmal, wer »wir« sei.

»Marcus und ich. Deine Kinder, die du ziemlich hinterhältig im Stich gelassen hast.«

Ich erschrak. Wenn Marcus zu Hause war, mußte etwas schiefgelaufen sein. Aber Petra, die mit diesem Auftritt ihrem felsigen Namen alle Ehre machte, informierte mich trotzig, daß sie mit ihrem Bruder am Telefon gesprochen habe. Er sei absolut schockiert gewesen über meinen Brief und habe sie gebeten, sich rasch um die Sache zu kümmern. Falls das nichts fruchten sollte, wollte er dann selber eingreifen. Doch er könne im Moment, wo er sich noch in der Grundausbildung befinde, schlecht weg.

»Euer glühendes Engagement entzückt mich.«

Petra gab ihre starre Haltung auf. So gut paßte die Rolle denn doch nicht zu ihr.

»Ach, Mami, warum machst du auch so einen Scheiß?«

Das war wieder mal bezeichnend! Jetzt hatte ich eine Ewigkeit ausgeharrt, bis die beiden groß genug waren, hatte also meiner Meinung nach jeglichen Anspruch darauf, mich edel zu fühlen, und dann mußte ich mir von meiner Brut, diesem Natterngezücht, Vorwürfe anhören.

»Hast du mit deinem Vater gesprochen?«

»Seit wann kann man mit dem denn reden? Abgesehen davon, ist er kaum zu Hause.«

Demnach hat er Uschi-Bella noch nicht zu sich geholt.
Petra wollte wissen, was ich eigentlich mit der seltsamen Andeutung über eine andere Frau am heimischen Herd gemeint hätte. Es wäre doch nicht im Ernst damit zu rechnen, daß ihr Vater jemand Fremden ins Haus holen würde. Das könnte er ihnen doch nicht antun.
Ich setzte mich neben sie auf die Couch, legte den Arm um ihre Schulter und versuchte, ihr alles so teilnahmslos wie möglich zu erklären.
»Dieser Idiot! Das kannst du dir nicht gefallen lassen!«
Petra konnte oder wollte offenbar nicht verstehen, daß es für mich nicht so überaus erstrebenswert ist, die alte Situation wiederherzustellen; daß ich jetzt endlich die Chance habe, mir meine Tage nach meiner Vorstellung einzuteilen.
Das mußte ich ihr erst mal begreiflich machen. Aber natürlich haben sie und ihr Bruder sich bislang nur den Kopf über ihre eigene Situation zerbrochen. Welch absurder Gedanke, sich auch mal in die Lage der Mutter zu versetzen!
Irgendwann im Lauf des Gesprächs fiel dann aber bei Petra der Groschen.
Sie wurde richtig klein und elend, als die ganze Empörung, mit der sie sich so riesig aufgeblasen hatte, durch die Einsicht, daß sie sich im Unrecht befand, verpufft war.
Wir tranken Tee. Petra wurde lockerer. Sie stand auf, inspizierte mein Wohnzimmer und die anderen Räume. Ich hörte einige Ausrufe des Entzückens, und dann kam das abschließende Urteil: »Wow!«
Mit glänzenden Augen verkündete sie, die Wohnung sei »Superspitzenklasse«. – »Big luxe«, ergänzte sie auf Englösisch.
Im Brustton der Überzeugung stellte sie die Forderung auf, wir Frauen müßten doch zusammenhalten. »Weißt du was? Ich ziehe zu dir!«

Es bedurfte eines Höchstmaßes an diplomatischem Geschick, meiner Tochter klarzumachen, daß ich das keineswegs wünschte, und als ich ihr erklärte, daß sie mir auch nicht »wenigstens« ihre Wäsche bringen könnte, sah sich unser neues »Einvernehmen unter Frauen« einer harten Zerreißprobe ausgesetzt.
Doch dann gelang es mir, das Thema auf ihren Frankreich-Urlaub zu lenken, und sie war ganz beglückt, jemandem ihre tollen Geschichten erzählen zu können. Sie war tatsächlich mit einer Freundin unterwegs gewesen, und die beiden hatten sich wohl einen Riesenspaß daraus gemacht, eine Reihe junger Verehrer an der Nase herumzuführen.
Ganz bestimmt war die neue Situation, das neue Ambiente dafür verantwortlich, daß Petra mir wie einer Freundin all die Details anvertraute. Kein Gedanke mehr an die verkalkte Alte, die von Tuten und Blasen keine Ahnung hatte.
»Nicht wahr«, flocht ich – da ich meinen Erziehungsauftrag doch nicht ganz verdrängen konnte – ganz sicher zum hundertsten Male flehentlich bittend ein, »du gibst aber acht, daß dir nicht dasselbe passiert wie mir damals!«
»Aber Mama, ich bin doch nicht blöd!«
Da ich mich lieber als blöd bezeichnen als mit noch nicht mal vierzig zur Großmutter machen lasse, war ich über diese Auskunft beruhigt.
Kurz vor Mitternacht brachte ich Petra nach Hause und registrierte dabei fasziniert, welche Gefühle die Straße und das Haus, das dunkel dalag, in mir auslösten. Eine trockene Kehle bekam ich schon, und im Rachen breiteten sich Bitterstoffe aus.
Aber da war kein Heimweh. Lediglich ein Anflug von Melancholie: Ich sah mich als Vogel, der über seinen Käfig hinwegflog, in dem er jahrelang gefangen gewesen und aus dem er

ausgebrochen war, weil er den Himmel nicht immer nur durch das Rechteck des Fensters sehen wollte...
Mit einem wohligen Gefühl der Befriedigung stellte ich fest, daß ich mich bereits so weit distanziert hatte, daß es mir gelang, die Vergangenheit mit Metaphern zu beschreiben.

Für mein neues Leben wollte ich auch einen neuen Kopf. Der pflegeleichte halblange Schnitt, den ich, sobald das Haar in Strähnen herabfiel, zu einer reizenden Pferdeschwanzfrisur verwandeln konnte, hing mir nach all den Jahren endgültig zum Hals raus.
Natürlich bemühte ich dazu nicht Uschi. Auf Andreas Empfehlung hin suchte ich Figaro Giancarlo auf.
»Ach ja, die liebe Andrea«, sagte er süffisant lächelnd, als ich ihm den Gruß ausrichtete, um mir eine Vorzugsbehandlung zu erschleichen.
So was kann ich leiden! Genießerisch-indiskrete Wichtigtuerei. Wenn ich meine Freundin Andrea nicht ganz genau kennen würde, hätte ich glatt angenommen, sie sei mit dem Knaben schon x-mal im Bett gewesen. Männer!
Als Vorsichtsmaßnahme gab ich einen falschen Vornamen für die Kartei an, legte aber dann trotz allem mein Haupt in Giancarlos meist temperamentvoll gestikulierende Hände. Er behauptete nach vollbrachter Tat, eine solche »bella donna« könnte jedes Herz brechen. Aber sicher sei ich grausam und würde es genießen, wenn die Männer litten.
Ich fragte mich, ob er dieses Geschwafel bei jeder Frau abließ oder ob er über ein individuelles Repertoire an vermeintlich schmeichelhaften Phrasen verfügte. Wie auch immer, ich fühlte mich tatsächlich attraktiv wie nie zuvor.

Am Abend holte Michael mich ab. Es hätte ja ulkig ausgesehen, wenn das Ehepaar aus unterschiedlichen Richtungen angereist wäre. Im übrigen paßte der R4 nicht mehr zu meinem neuen Outfit.
Da ich schon startklar war, ließ ich ihn gar nicht erst ins Haus, sondern fuhr gleich mit dem Fahrstuhl runter.
Aufrecht und selbstsicher schritt ich auf ihn zu, und er pfiff durch die Zähne. Er zog meinen Arm unter seinen, klemmte ihn fest, als fürchtete er, ich könnte die Balance nicht halten, und schleppte mich zum Auto.
Trotz Zentralverriegelung öffnete er das Auto auf der Beifahrerseite, um mich einsteigen zu lassen. Das hatte er noch nie getan! Ich glitt auf den Sitz und lächelte so huldvoll, wie ich es nur fertigbrachte.
»Du siehst großartig aus«, hörte ich das erste Kompliment seit Menschengedenken aus dem Munde meines Mannes.
»Danke, ich höre es gerne. Aber jetzt sag mir lieber mal, worum es geht, damit ich weiß, in welcher Richtung ich den guten Onkel zu bearbeiten habe.«
»Na, na, nun bleib aber mal auf dem Teppich. Du wirst in erster Linie zum Dolmetschen gebraucht, weil Nagel und ich in Französisch nicht allzu fit sind.«
Aha, die Sekretärin sollte ich spielen. Was Sache war, ging mich nichts an. So wird wertvolles Potential ignoriert!
»Wer ist der Kerl?« fragte Michael unvermittelt und schroff.
»Welcher Kerl?«
»Jetzt spiel nicht die Unschuldige! Josef hat angerufen. Ich weiß alles.«
»Ach, wenn du alles weißt, dann weißt du vielleicht auch, daß dein lieber Freund Josef mich in seine Wohnung verschleppen wollte.«

»Er ist nicht mein lieber Freund, sondern ein Skatbruder, und außerdem wollte er dir bei sich zu Hause nur unter vier Augen ins Gewissen reden.«
Josef übertraf tatsächlich alles, was mir bislang an Unverschämtheit begegnet war.
»*Das* Gewissen kennen wir!«
»Ich hab dich was gefragt, lenk jetzt nicht ab!«
Oho, der Herr Oberlehrer sprach.
»Also bitte: Der Kerl heißt Theo. Er bezeichnet sich als Banker und ist ein totaler Dummschwätzer. Er hat mir im Freizeitbad den Roman seines Lebens erzählt, bis ich ihn vor Überdruß an seinem Geschwätz ersäuft habe.«
Michael wirkte etwas besänftigt. »Und da ist wirklich nichts?«
»Obwohl es dich nichts angeht und du in deiner Situation wahrhaftig nicht das Recht hast, mir Vorhaltungen zu machen, kann ich dir versichern, daß ich lieber eine Woche in die Gummizelle ginge als eine Nacht ins Bett mit Theo.«
Wir waren angekommen. Die anderen ließen noch ein paar Minuten auf sich warten und Michael sich herab, mir doch mitzuteilen, worum es ging.
Maurice Duchamps war stellvertretender Direktor einer Firma, die Anlagen für die Autoindustrie herstellte, mit welchen die Wagen von ihren Schutzbeschichtungen befreit wurden. Nun hatte einer der Ingenieure der Firma ein revolutionierendes neues Verfahren entwickelt, weigerte sich aber, dafür französische Motoren zu verwenden, weil er die für qualitativ minderwertig hielt. Der Mann war zu gut, als daß man sich seinen extravaganten Forderungen widersetzen konnte, und Duchamps war jetzt unterwegs, um hier von den drei möglichen Lieferanten, die der Ingenieur zu akzeptieren bereit war, einen auszuwählen. Ein Riesenauftrag winkte der

Firma Nagel! Jetzt kam es eben auf die richtige Verhandlungsstrategie an.
Nagel und ein anderer Herr betraten das Lokal. Michael ging auf sie zu, um sie zu begrüßen, und der Ober, der sich bereitgehalten hatte, trat in den Hintergrund, da Michael die Herren an unseren Tisch geleitete.
Frau Nagel war nicht dabei. Rein geschäftliches Treffen also. Ob ich nicht (zum Schein) einen Stenoblock und Bleistift hätte mitnehmen sollen?
Duchamps küßte meine Hand und blickte mir tief in die Augen. Ein richtiger Gockel, dachte ich. Er machte mir sofort Komplimente über meinen Charme, und ich fing an zu sprühen, was mir um so leichter fiel, als ich spürte, daß Michael uns beobachtete.
Wir saßen an einem recht großen Vierertisch, doch während der Menüauswahl rutschte Duchamps sehr nah an die Ecke, um mit mir – wegen der Übersetzung – in eine Karte blicken zu können. Die Lücke, die daraufhin zwischen ihm und Nagel klaffte, beabsichtigte er aber anscheinend nicht wieder zu schließen.
Meine Dolmetscherdienste wurden nur mäßig in Anspruch genommen. Allzuviel gab es noch nicht zu berichten, denn der Franzose war erst am Abend angekommen und wollte sich am nächsten Tag in der Firma umschauen.
Ob ich da auch dabeisein könnte, wollte er wissen und ließ Nagel durch mich übermitteln, daß er es für ziemlich wichtig halte, gerade im Betrieb jemanden zur Seite zu haben, der beider Sprachen mächtig sei.
»Ja, da müssen wir vielleicht den Herrn Fischer fragen, ob er uns seine Frau zur Verfügung stellt«, bemerkte Herr Nagel, der sich offenbar witzig vorkam, im gespielten Geschäftston. Der eindringliche Blick, mit dem er dabei Michael fixierte,

schloß allerdings jeglichen Widerspruch aus. Doch ehe Michael sich in seiner Verlegenheit zu einer Antwort durchgerungen hatte, sagte ich, das müsse wohl gehen.
Duchamps küßte meine Hand, was ich so mitten während des Essens als nicht besonders appetitlich empfand.
Nach einem kurzen Frage- und Antwortspiel zwischen Nagel und Duchamps verlief dann die Konversation zum einen auf Französisch zwischen Duchamps und mir und auf Deutsch zwischen Nagel und Michael. Während letztere fachsimpelten, ging es bei uns eher um allgemein menschliche Themen.
Duchamps wollte seinen Sohn an einer der großen Hochschulen sehen, die in Frankreich unumgängliche Wegbereiter für bedeutende Karrieren sind, aber der hoffnungsvolle Sprößling hatte wohl gerade in vollem Umfang die Freuden der Liebe entdeckt und war nicht sonderlich motiviert, sich tage- und nächtelang mit Büchern zu beschäftigen.
Ja ja, die Liebe. Er war jetzt anscheinend bei seinem bevorzugten Thema angekommen. Ich durfte erfahren, wann er zum ersten Mal und mit wem. Und auch zahlreiche Anekdoten, die ihn mal als strahlenden, mal als eher tragikomischen Liebhaber zeigten, gab der Franzose in amüsantem Plauderton zum besten. Natürlich steckte hinter dem Ganzen ein gewisses Renommierbedürfnis, aber ich fühlte mich sehr gut unterhalten und konnte gelegentlich herzlich lachen. Da die Episoden sich allerdings weitgehend auf die fernere Vergangenheit bezogen, fragte ich mich insgeheim, wie das aktuelle Privatleben Duchamps' aussehen mochte.
Er war zweifellos ein Mann, der bei Frauen ankam, wenn er es darauf anlegte. Um die Fünfzig, mit graumeliertem Haar, mittelgroß, keineswegs dick, aber von der Statur her sehr wohl als Bonvivant zu erkennen. Seine gebräunte Haut zeigte

jenes feine Plissée, das bei Menschen, die viel rauchen und Alkohol trinken, oft zu sehen ist.
Seine Stimme war tief und rauh – mit dem leicht rasselnden Unterton, der durchaus erotisch klingen kann, wie Jean-Claude Pascal, Traum der Mütter meiner Klassenkameradinnen, hinlänglich bewiesen hatte. Wenn ich Duchamps irgendwo im sonnigen Süden kennengelernt hätte, wer weiß? Aber er war der Geschäftspartner von Nagel, und mein Job war es, mit meinen Sprachkenntnissen hilfreich zur Verfügung zu stehen, damit ein Liefervertrag zustande kam.
Duchamps hielt meine Hand, nachdem er sie zum Abschied geküßt hatte, sehr lang in der seinen, und Nagel zwinkerte mir komplizenhaft-wohlwollend zu. Michael hingegen war stinksauer.
»Es war ja kaum auszuhalten, wie dieser alte Bock sich auf dich gestürzt hat.«
»Er ist kein Bock, sondern allenfalls ein Gockel«, korrigierte ich seine zoologischen Betrachtungen. »Und im übrigen liegt es ja in eurem Interesse, daß er einen positiven Eindruck von der Firma bekommt.«
»Eben, von der Firma soll er überzeugt werden, nicht von den Qualitäten einer gewissen Frau Fischer.«
»Aber ich repräsentiere doch hier die Firma. Dein Chef scheint übrigens mit dem Verlauf des Abends sehr zufrieden zu sein.«
»Ja, ja, auf meine Kosten, der Zuhälter!« meinte Michael sich entrüsten zu müssen.
Ich räusperte mich, hielt aber eine Erwiderung für überflüssig. Mit der Begründung, daß ich am nächsten Tag fit sein müßte, verabschiedete ich den Vater meiner Kinder vor der Haustüre und überließ ihn seinem Schicksal.

Der nächste Tag gehörte ›Nagel & Co.‹. Es kam mir schon leicht ulkig vor, daß jetzt, nachdem ich meinen Mann verlassen hatte, eine so enge Beziehung zu seinem Arbeitsplatz zustande kam. Herr Nagel, eifrig und (schätzungsweise hypertonisch) gerötet, hüpfte permanent um den französischen Gast herum und stellte mich gelegentlich vor unlösbare Übersetzungsprobleme, da ich ja mit technischem Vokabular überhaupt keine Erfahrung hatte.
Duchamps schien jedoch trotzdem einen sehr günstigen Eindruck von der Firma zu erhalten.
Später, in Nagels Büro, ließ er durchblicken, daß er sich für die Firma Nagel entschieden hätte. Zwar hätte einer der Mitbewerber mit einem günstigeren Angebot aufgewartet, aber keinen so zuverlässigen Eindruck gemacht.
Nagel konnte es sich nicht verbremsen, seine kleinen fetten Hände zu reiben und mir triumphierend zuzuzwinkern. Zum Glück war Michael nicht dabei, denn womöglich hätte er in seiner moralischen Entrüstung die Beherrschung verloren.
Der Erfolg mußte natürlich gefeiert werden. Noch mal ein Dinner, zu dem (rein anstandshalber, wie mir schien) auch Michael eingeladen wurde. Er durfte sich von seinem Chef Komplimente über die Fähigkeiten seiner Frau anhören. Diese und die Aufmerksamkeiten, mit denen mich der Franzose bedachte, schienen ihm aber gründlich den Appetit zu verderben.
Den anschließenden Besuch der reizenden Hotelbar schien er auch nicht sonderlich zu genießen. Ganz im Gegensatz zu mir. Was ich bisher nur aus dem Fernsehen kannte, erlebte ich jetzt live. Gut gekleidete Menschen – allerdings vorwiegend Männer – saßen um die Bar oder in kleinen Polsternischen. Zwei, drei Paare tanzten zu der gefühlvollen Musik des Pianisten auf der kleinen Tanzfläche, und aufmerksame

Kellner huschten mit Tabletts, auf denen sich Gläser unterschiedlichster Formen mit Drinks in allen möglichen Farben befanden, über den dicken roten Teppichboden. Das war ein Rahmen, mit dem ich mich anfreunden konnte!
Nagel suchte einen Tisch aus und bestellte Champagner. Er strahlte den ganzen Abend satte Zuversicht und Unternehmerstolz aus. Er prostete uns allen zu, radebrechte plötzlich französisch und nannte Duchamps »notre cher ami«. Michael bezeichnete er im Verlauf des Abends als seinen Sohn und mich als seine »teure Freundin«.
Eigentlich hätte ich gewaltige Lust gehabt zu tanzen, aber nicht mit einem meiner drei Begleiter, sondern eher mit einem der hübschen Männer an der Bar. Wenn ich je den Mut aufbringe, gehe ich eines Tages allein dorthin…
Duchamps geriet mit einem Mal in melancholische Stimmung. Er fing an, mir sein Herz auszuschütten. Es ginge ihm zur Zeit privat gar nicht gut. Aber er wolle mich nicht mit seinen Problemen belästigen. Als ich ihn zum Sprechen ermunterte, erfuhr ich von seiner Frau und seiner Freundin, die es so gut mit ihm gehabt hätten und mit denen er jahrelang glücklich gewesen sei, denen er es an nichts habe fehlen lassen und die ihn jetzt schmählich im Stich gelassen hätten.
Ich schluckte vor Überraschung und staunte über seine Offenheit.
Die beiden hätten immer voneinander gewußt, aber vor einiger Zeit hätten sie sich bei einer Ausstellung kennengelernt und gut verstanden. Er hätte sich darüber gefreut – am Anfang, denn schließlich sei ja nichts aufreibender als Zankereien und Eifersucht. Doch eines Tages hätten sie ihm, einträchtig nebeneinander auf dem Sofa sitzend, eröffnet, daß sie ihn verlassen würden, um fortan miteinander zu leben.

Ich mußte all meine Selbstbeherrschung mobilisieren, um nicht laut rauszulachen. Zum Glück erwartete Duchamps keine Stellungnahme von mir, sondern setzte seinen Schicksalsbericht fort.
Zwei Männer an diesem Tisch waren von ihren (drei) Frauen verlassen worden. Und wie sah es eigentlich mit Nagel aus? Wieso nahm er seine Frau nicht mit, wenn es was zu feiern gab? Hatte sie ihn etwa auch verlassen? Wenn (noch) nicht, brauchte er nur so weiterzumachen.
Der Abschied von Maurice fiel wort- und küßchenreich aus. Offenbar war auch an mir der Champagner nicht spurlos vorübergegangen, denn ich händigte dem guten Mann schließlich meine höchst private Telefonnummer aus, ohne ihn allerdings über meine Lebenssituation zu informieren. Aber ich brauche mir seinetwegen sicher keine Sorgen zu machen, in ein paar Wochen spätestens wird er sich mit einer süßen Arlette oder Sylviane trösten, die seine Großzügigkeit zu schätzen weiß.
Auch Nagel erlaubte sich schließlich, mich zum Abschied auf die Wangen zu küssen und mir alles Gute bis zum nächsten »Einsatz« zu wünschen, was Michael überhaupt nicht witzig finden konnte.
Diesmal mimte er nicht den Kavalier, sondern ließ mich die Beifahrertür selbst öffnen. Meiner gehobenen Stimmung tat das keinen Abbruch. Ich summte noch das letzte Stück, das der Barpianist gespielt hatte, und klopfte den Takt aufs Armaturenbrett.
Michael schaltete das Radio ein und suchte so lange, bis er einen Sender fand, in dem ein ernstes Thema erörtert wurde. Dann lauschte er deutlich konzentriert einer Reportage über die Bevölkerungsexplosion in Indien.
Als ich mich erkundigte, ob er sich noch fahrtüchtig fühle,

antwortete er bissig, *er* habe nicht zuviel gesoffen. Selbstverständlich überhörte ich die Anspielung und freute mich, daß ich mit dem muffigen Kerl nicht die Nacht verbringen mußte.

Die Erfahrung, die ich bei meinem Einsatz in der Firma Nagel gewinnen konnte, hat das Vertrauen in meine Fähigkeiten in hohem Maße gefestigt. Ich habe beschlossen, einen Job zu suchen, denn es gelüstet mich erheblich, herauszufinden, wozu ich – außer den jahrelang verübten Tätigkeiten – noch in der Lage bin. Außerdem habe ich weder vor, mit Michaels Unterhaltszahlungen ein kärgliches Dasein zu fristen, noch will ich von den Almosen meiner Verwandten abhängen. Wenn schon, denn schon! Der ganze Wirbel muß sich ja schließlich lohnen.

Von befreundeten und bekannten Frauen weiß ich, daß es relativ schwierig ist, als Hausfrau und Mutter einen gut bezahlten Job zu finden. Eine interessante Tatsache, wenn man davon ausgeht, daß ein Großteil derer, die Arbeit zu vergeben haben, Männer sind, verheiratete Männer, die zumeist auch eine Hausfrau und Mutter daheim haben.

Also mit ›Hausfrau und Mutter‹ kann ich nicht kommen. Ich muß mir eine andere Berufsbezeichnung zulegen, eine, die nicht geschützt ist, aber entsprechendes Flair vermittelt. ›Psychologische Familienberaterin‹ fiel mir ein. Aber wer sucht so was schon? Und wer von denen, die es brauchen könnten, kann dafür etwas bezahlen?

Also ›Psychologische Beraterin‹. Auch nichts, denn das Vertrauen der Geschäftswelt in die Psychologie ist sehr gering. Lediglich die Werbepsychologie wird von den Leuten respek-

tiert, weil sie Umsatz fördern hilft. Aber dafür bin ich weder ausgebildet noch raffiniert genug.
Aber ›Beraterin‹ klingt kompetent und ist nicht geschützt. Lebensberaterin? Kartenlegen und Handlinienlesen. Na ja, wenn sich gar nichts anderes findet. Aber besonders wohl wäre mir dabei nicht. Vor allem kämen dann ja die Leute ins Haus. Und meine Wohnung will ich erst mal ganz für mich allein haben.
Bei der Volkshochschule nennen sich die Leute, die einen Kurs für Häkelbildchen am Fenster oder extrem individuell geformte Aschenbecher in Bandkeramik erteilen, ›Dozentinnen‹ und ›Dozenten‹. Das wäre doch eine wohltönende Berufsbezeichnung: Amanda Fischer, Dozentin für Hausfrauenrhetorik... oder noch besser: Rhetorikdozentin Amanda Fischer – klingt voll akademisch!
Also das mit der Hausfrauenrhetorik, das ist ja wirklich eine Sache, über die sich auch mal jemand außer mir Gedanken machen könnte. Das wäre gesellschaftspolitisch wesentlich effektiver als diese systemstabilisierenden Seidenbildchen- oder Gewürzsträußchenkurse. Da könnten die Frauen lernen, wie sie einen Zeitschriftenaboverkäufer erkennen und abwimmeln. Oder wie sie einen aufdringlichen Staubsaugervertreter dazu veranlassen, ihr Wohnzimmer aus Demonstrationsgründen zu saugen, dann aber abzuziehen, ohne sie zu einer Bestellung genötigt zu haben. Ganz wichtig wäre natürlich auch die Lektion ›Wie mache ich meinem Mann diplomatisch klar, daß ich Anspruch auf ein Hausfrauengehalt habe?‹...
Ein wahrhaft weites Feld! Und trotzdem muß ich passen, denn erstens habe ich für eine Weile keine Lust, mich mit Hausfrauenproblemen zu beschäftigen (was sich demotivierend auswirken könnte), und zum anderen müßte ich bis zum

übernächsten Semester abwarten, da die Kataloge für das kommende schon gedruckt sind.
Also habe ich mir vorgenommen, es mal bei der Interim-Arbeitsvermittlung zu versuchen. Daß die einen häufig übers Ohr hauen, ist ein alter Hut, aber so für den Einstieg finde ich die Idee nicht schlecht, zumal ich in den Stellenanzeigen der Zeitungen außer Hauswirtschafterinnenposten nichts gefunden habe, wofür meine Qualifikationen ausreichen würden.

Zur Vorbereitung auf diese Unternehmung wandte ich (seit ewig langer Zeit mal wieder) die Techniken der Selbsthypnose an, die ich im Volkshochschulkurs ›Alles ist erreichbar‹ erworben hatte.
Meine Freude war groß, daß es noch so gut klappte. Ich flutschte in Nullkommanichts in den Alphazustand, spulte meine Formeln herunter und kam ›frisch und entspannt‹ zu mir, voll der Überzeugung, ich sei ›erfolgreich, attraktiv und unwiderstehlich‹ und alles, was ich anstrebte, würde mir gelingen.
Bei Interim sah es dann allerdings nicht so rosig aus. Meine Fremdsprachenkenntnisse wären ja schon recht gewesen, aber dazu hätte ich auch noch Maschineschreiben und Steno beherrschen müssen. Mit EDV-Kenntnissen konnte ich auch nicht aufwarten. Für einige Jobs war ich, wie mir die freundliche Agentin taktvoll mitteilte, »ein bissel zu alt«.
»Ach ja, da hätte ich noch was, aber ich weiß nicht, ob die Sie nehmen«, sagte sie und schaute mich abschätzend an.
Nun, das weiß man schließlich nie. Ich fand die Art unverschämt, wie dieses Weib sich erdreistete, mich zu taxieren, bevor sie mir überhaupt mitgeteilt hatte, worum es sich handelte.

»Die suchen eine Bardame.«

Bardame! Synonym für Laster und Verworfenheit – und das mir!

»Wer ist *die*?«

»Benton Hotel.«

Aha, das änderte natürlich alles. In *der* Bar konnte ich mir allerdings vorstellen, eine Weile zu arbeiten. Es ist dieselbe, in der wir mit Duchamps den siegreichen Abschluß gefeiert haben. Die Stelle war ab sofort frei, weil jemand überraschend ausgefallen war (Alkoholvergiftung?).

»Ich ruf da gleich mal an, um Ihnen ein Vorstellungsgespräch zu vermitteln. Wir brauchen ja nicht zu sagen, wie alt Sie sind«, sagte die Agentin entgegenkommend.

Sie ging mir erheblich auf die Nerven. Eine weniger gefestigte Person als ich hätte ihr längst etwas an den Kopf geworfen. Was sollte das blöde Geschwätz? Ich war achtunddreißig, im besten Alter der Frau, das heißt, kurz davor, denn mit vierzig – das hatte ich in letzter Zeit verschiedentlich gelesen – fangen die guten Jahre erst an. Diese angeschmierte Ziege, was glaubte die eigentlich? Der wollte ich mal den Kleister runterholen. Da blieb sicher nur eine weiße Fläche übrig, attraktiv wie 'ne Klotür!

Sie hatte inzwischen die Verbindung hergestellt. Der Generalmanager war nicht zu sprechen – auf Geschäftsreise –, aber seine Stellvertreterin hatte die notwendige Befugnis.

»Um sieben heut abend, paßt Ihnen das?« fragte die Agentin.

Ich bejahte, und sie beendete das Gespräch mit der Hoteldame.

»Dann haben Sie ja vorher noch Zeit, zur Kosmetik und zum Friseur zu gehen«, versorgte mich die dumme Nuß noch mit einem wertvollen Tip von Frau zu Frau.

Ich mußte noch einen ganzen Wust von Papieren durchlesen und auch was unterschreiben.
Dann trat ich auf die Straße. Bardame in spe Amanda Fischer. Eigentlich hatte ich keine Zweifel, daß ich den Job bekommen würde. Die Selbsthypnose wirkte voll. Ich nahm mir felsenfest vor, von nun an täglich meinen meditativen Übungen nachzugehen. Zu Hause hatte ich ja nie die nötige Ruhe und schon gar nicht die erforderliche Zeit gehabt. Doch das änderte sich jetzt alles! Amanda, die erfolgreiche, attraktive, unwiderstehliche... Bardame.
Ich überlegte mir die Pluspunkte, die ich zu bieten hatte, und fand, daß ich reichlich überqualifiziert war für den Job. Aber er interessierte mich. Im übrigen sah ich die Chance, mehrere Fliegen mit einer Klappe zu schlagen.
Bitte sehr, warum nicht darüber reden? Michaels ›Schwuppdiwupp‹ war zwar nicht die Erfüllung meiner erotischen Träume, aber es hat immerhin existiert und von daher einen gewissen Stellenwert in meinem Leben eingenommen. Es liegt nicht in meiner Absicht, fortan auf Sex zu verzichten, zumal ich der Auffassung bin, ich hätte einiges nachzuholen. Im übrigen habe ich im Wissenschaftsteil der Zeitung vor nicht allzu langer Zeit gelesen, daß allein der Schweißgeruch des Mannes (von den übrigen Pheromonen mal ganz abgesehen) einen regelmäßigen Zyklus bei der Frau bewirken kann.
Soll ich etwa aus unangebrachter Schamhaftigkeit eine Störung meines Menstruationszyklus riskieren oder, noch schlimmer, ein vorzeitiges Eintreten der Menopause provozieren? Nein, wahrhaft nicht.
Der Job ist genau richtig. Ich werde jede Menge Männer kennenlernen.
Als ich ganz zufällig an einem Kosmetikstudio vorbeikam,

ging ich hinein und genoß die Behandlung. Da aber anschließend leider meine Frisur ruiniert war, suchte ich auch noch Giancarlo, den charmanten Figaro, auf.

Ohne jetzt unbescheiden wirken zu wollen, muß ich sagen, daß ich ziemlich gut aussah, als ich mich voller Zuversicht in meinen R4 warf und in Richtung ›Benton‹ schaukelte. Da ich nicht wußte, ob die Tiefgarage für Hotelgäste reserviert ist (na ja, und mich zugegebenermaßen ein wenig genierte, den livrierten Mann anzusprechen, der gerade einem Chauffeur im Jaguar bedeutete, daß er rausfahren könne), stellte ich meine Rostlaube ein Stück weiter ab und balancierte auf meinen Hochhackies zum Hotel. Aufrecht betrat ich die Halle und strebte entschlossenen Schrittes der Rezeption zu.
Und da schimpfen die Leute immer über das Fernsehen (ich nicht ausgenommen). Aber woher, wenn nicht aus der Glotze, hätte Amanda Fischer, Hausfrau und Mutter mit ersten grauen Strähnen (inzwischen getönt), das nötige Knowhow beziehen sollen, dessen sie so dringend bedurfte, um sich in einem Hotel der internationalen Luxusklasse adäquat zu bewegen?
Meine blaue Seidenhülle paßte hervorragend zum exquisiten Interieur des renommierten Hauses. Ich fühlte mich genau richtig gekleidet, sicher und wohl in meiner Haut.
Wenn ich die Bar nicht gekannt hätte, wäre ich vielleicht auf die fatale Idee verfallen, ich müßte aufgemotzt und angeschmotzt wie Alexis kommen... Aber nein, wenn ich die Bar nicht schon gekannt hätte, wäre ich nie auf den Gedanken verfallen, mich für den Job zu bewerben. Danke, Monsieur Duchamps, danke, Herr Nagel, danke, *lieber* Michael!
Die stellvertretende Managerin war eine sympathische Dame

in etwa meinem Alter. Mir war gleich klar, daß ich ihr auch gefiel. Wir unterhielten uns, und ich bemerkte, daß sie auf diese Weise versuchte, herauszufinden, wen sie vor sich hatte. Frau Mayer-Knoll, wie sie sich vorstellte, interessierte sich zuerst für meine Ausbildung und meinen Familienstand. Da ich keine Veranlassung sah (und auch nicht darauf vorbereitet war), sie zu belügen, erzählte ich ihr von meiner Hausfrau-Mutter-Tätigkeit und sagte, daß ich seit kurzem getrennt lebte.

»Wie die meisten Frauen, die es zu etwas bringen wollen«, kommentierte sie lächelnd.

Sie schien angenehm überrascht, daß ich gleich anfangen konnte.

»Henry, unser erster Barmann, wird Sie unter seine Fittiche nehmen und einarbeiten.«

Dann meinte sie, ich sähe zwar nicht danach aus, aber sie müsse trotzdem fragen, ob ich trinke.

Grund dazu hätte es wahrhaftig genug gegeben!

»Normale Mengen«, antwortete ich, »Wein zum Essen und gelegentlich einen Aperitif.«

Das schien sie zufriedenzustellen, und sie machte mich mit den Statuten des Hauses bekannt. Einiges beeindruckte mich stark. So ist es beispielsweise untersagt, während der Dienstzeit über Gäste und Mitarbeiter des Hauses zu sprechen. Tolle Idee! Wenn man sich zuerst in der Freizeit mit der Kollegin verabreden muß, um mal sagen zu können, daß einem die Vorgesetzten auf den Geist gehen, wird kaum mehr gemotzt, und das Betriebsklima bleibt – zumindest scheinbar – sauber. Das wäre doch ein heißer Tip für friedliebende Familien.

»Nun, ich schlage vor, Sie sehen sich die ganze Sache heute und morgen mal an, und wenn es Ihnen zusagt, können wir übermorgen weiterreden«, sagte Frau Mayer-Knoll. Dann rief sie in der Bar an, um den Barmann zu fragen, ob ich kommen könne.

Henry und ich verstanden uns auf Anhieb. Er mochte Mitte dreißig sein, wirkte sportlich und sehr gepflegt. Er fragte mich gleich nach meinem Vornamen, den ich ihm auch verriet. Aber ich wünschte in der Bar mit einem anderen Namen angeredet zu werden. Jennifer.

Henry schien dafür Verständnis zu haben, zumindest akzeptierte er es ohne irgendeinen Kommentar, und dann klärte er mich über den Job auf. Das Problem sei, daß es sich sehr schlecht vorhersagen ließe, wann wieviel los sei.

»Es ist durchaus möglich, daß wir hier drei Abende hintereinander mit ein paar lahmen Onkels verbringen, es kann aber auch vorkommen, daß nach einer Theateraufführung oder einem Konzert plötzlich fünfzig Leute auf einen Schlag hier einfallen. Unser oberstes Gebot lautet daher: Immer für den Ernstfall gewappnet sein.«

Da vor zehn am Abend kaum etwas liefe, würde es genügen, wenn ich gegen neun Uhr käme. Lieber etwas später, denn die Nacht könnte lang werden. Die Benton-Bar hatte bis drei Uhr früh geöffnet. Ab zwei mußten wir jedoch zu zweit auskommen, dann hatten die beiden Ober frei.

Wegen des Alkohols bräuchte ich mir keine Sorgen zu machen, es gebe eine ganze Reihe von Softdrinks, die einen schon mal ein paar Einladungen überbrücken ließen. Animation im üblichen Sinne sei bei Benton verpönt, latente Animation hingegen üblich (und einträglich).

Da mir der Unterschied nicht so ganz klar war und ich mich auf dem Sektor doch recht jungfräulich fühlte, klärte mich Henry auf: »Latent zu animieren heißt zum Beispiel, dann das Glas zu heben und zu trinken, wenn der andere Ihnen gerade tief in die Augen schaut. Wenden Sie nicht den Blick von ihm, aber trinken Sie. Er wird's ebenfalls tun. Oder verstrikken Sie die Leute in amüsante Gespräche und heben Sie jedesmal leicht das Glas in Richtung der Gesprächspartner, wenn es etwas zu lachen gibt. Aber das finden Sie schon selber raus.«

Dann machte er mich noch darauf aufmerksam, daß gegenüber dem Hause absolute Loyalität erwartet werde, was ich eigentlich für selbstverständlich hielt.

Die Liste mit den Drinks durfte ich mir mit Klebeband auf die Verblendung heften. Doch ich nahm mir vor, sie auswendig zu lernen. Henry forderte mich auf, jede Flasche einmal in die Hand zu nehmen und genau anzusehen. Es war eine Unzahl, aber er versicherte mir, daß die meisten Kundenwünsche sich in einer begrenzten Anzahl von sechs Mixgetränken bewegten. Die großen Cocktailzeiten seien vorbei. Der Trend stehe auf pur.

Ich traute mir zu, daß ich die Geschichte mit den Getränken bald in den Griff bekommen würde. Das einzige, wovor ich wirklich Angst hatte, war der Zigarettenrauch, denn bei Nichtrauchern ist ja die Gefahr, daß sie bei dickem Qualm in Tränen ausbrechen, relativ groß. Aber auch hier konnte Henry mich beruhigen. Es komme nur ganz selten vor, daß viel geraucht werde. Hier verkehrten in erster Linie die Erfolgreichen, die auch in puncto Gesundheit Wert darauf legten, immer obenauf zu sein. Im übrigen lebten wir momentan in einer Epoche des Nikotin-Rassismus, wo manch einer sich nur noch getraute, auf der Toilette zu rauchen, um nicht als haltloser Schädling abgestempelt zu werden.

»Verabredungen mit Hotelgästen im Hause sind natürlich strengstens untersagt. Ist auch besser so, das brächte nur Probleme. Aber wenn Ihnen jemand besonders gut gefällt, können Sie ihm ja Ihre Adresse geben, damit er Ihnen aus seinem nächsten Urlaub eine Ansichtskarte schicken kann«, beriet mein neuer Vorgesetzter mich augenzwinkernd.

Und damit waren der einführenden Worte an diesem ersten Abend auch schon nahezu alle gesprochen, denn kurz darauf fiel eine wohlgelaunte Gruppe von Damen und Herren in die Bar ein.

»Das gibt Champagner«, prophezeite Henry. Und er sollte recht behalten.

Mein erster Abend verlief ohne Pannen, und auch die folgenden Tage boten keine Probleme. Das einzige, was mir zu schaffen macht, ist der Schlaf. Zeit meiner Ehe habe ich gezwungenermaßen zu den Frühaufstehern gehört, und auch jetzt wache ich immer um sechs das erste Mal auf. Natürlich schlafe ich dann weiter, aber eben nicht mehr so fest. Und ich träume sehr intensiv.

An den Nachmittagen erledige ich Besorgungen, lese oder spiele Tennis. Unsere gemeinsamen Bekannten meide ich vorerst, weil ich weiß, daß meine Trennung von Michael für die einen etwas peinlich und für die anderen ein gefundenes Fressen ist. Auch weiß ich noch nicht genau, wie ich mit Informationen über meinen neuen Job umgehen soll.

Andrea weiß natürlich Bescheid, und sie ist jedesmal gierig auf neue Schilderungen. Sie findet das toll.

Einmal besuchte sie mich auch. Das heißt, sie ließ sich zu Beginn nicht anmerken, daß wir zusammengehörten. Ein Hotelgast, ein Schönling mit dick aufgetragenem Selbstbewußtsein und offenbar beachtlicher Karriere hinter und vielleicht auch vor sich, machte ihr ziemlich eindeutige Avancen.

Doch sie quasselte los: »Ach, wissen Sie, Sie sind so schön und so erfolgreich, das ist mir suspekt.«
Er lachte, und es war deutlich zu erkennen, daß er sich geschmeichelt fühlte. »Na, das hat mir bisher noch keine Frau zum Vorwurf gemacht.«
»Tu ich ja auch nicht, aber ich laß trotzdem die Finger von Ihnen.«
Als er sich neugierig nach dem Grund erkundigte, klärte Andrea ihn auf: »Als Kind habe ich für einige der großen, erfolgreichen, schönen Filmschauspieler geschwärmt und immer davon geträumt, so einen Mann mal kennenzulernen, ja natürlich auch zu heiraten. Und jetzt, wo sie der Reihe nach das Zeitliche segnen, stellt sich peu à peu heraus, daß sie alle entweder schwul waren oder reichlich extravagante Neigungen hatten. Ja, glauben Sie etwa, ich verliebe mich in einen Mann, der es nachher bloß drauf abgesehen hat, meine Highheels und meine Dessous anzuziehen?«
Der Gast war ziemlich konsterniert, zumal Andrea nicht gerade leise gesprochen hatte. Doch als die Umstehenden amüsiert reagierten, machte er gute Miene zum bösen Spiel und lenkte selbst die Konversation auf witzige Themen.
Außer Andrea erfuhr von meinem Job nur noch Martina, meine Freundin aus der Schulzeit. Sie ist inzwischen ebenfalls Hausfrau und Mutter (allerdings nach abgeschlossenem Pharmaziestudium). Wir hatten uns seit geraumer Zeit nicht mehr gesehen, und sie schlürfte begierig alles auf, was ich ihr über mein neues Leben berichtete. Dann seufzte sie und bekannte, daß sie beinahe so etwas wie Neid empfinde, ja am liebsten mit mir tauschen würde.
»Erzähl das ja nicht deinem Mann, sonst verbietet er dir den Umgang mit mir – oder er händigt mir beim nächsten Mal ein tödliches Medikament aus!«

»Oder mir.«
»Wie bitte?«
»Ach, weißt du, manchmal habe ich sowieso den Verdacht, er hat mich nur wegen der Apotheke meiner Eltern geheiratet.«
»Na, dann hast du hoffentlich ein Testament mit einer Klausel, die dir das Überleben sichert«, meinte ich.
Aber Martina hatte anscheinend nicht ihren humorvollen Tag. Ihre Kinder offenbar auch nicht, denn aus dem oberen Stockwerk drang lautes Gebrüll.
»Warum kann ich nicht fünf Minuten meine Ruhe haben!« brüllte sie ebenfalls, als sie das Wohnzimmer verließ, um nach dem Rechten zu sehen.
Wie schön, wenn einen das nichts mehr angeht! Ich habe meinen Beitrag zur Arterhaltung geleistet und kann ruhigen Blutes zuschauen, wie sich die anderen, die später dran sind, abplagen.
Plötzlich verstand ich die Omas und Opas, denen es piepegal ist, ob sie die Erziehung ihrer Enkel gefährden, indem sie ihnen Dinge erlauben, die ihnen von ihren Eltern strengstens verboten worden sind. Ein bißchen Rache an den einst ungezogenen eigenen Kindern mag schon auch dabei sein, aber im Grunde ist es doch sicher diese wunderbare Gelassenheit, über die alle diejenigen verfügen können, die die Konsequenzen nicht zu tragen haben.
Martina kam zurück und teilte mir mit, daß es Tage gäbe, an denen sie ihre beiden Söhne am liebsten durchs geschlossene Fenster werfen würde.
Ich lächelte verständnisvoll und riet ihr, mal Urlaub zu machen. »Schließlich seid ihr keine armen Leute, und es gibt Ferienclubs, die ein phantastisches Kinderprogramm anbieten.«

»Wir kommen gerade aus dem Urlaub!« schrie sie. »Deswegen bin ich ja so fertig!« Und dann schoß ihr das Wasser aus den Augen.

Ich reichte ihr ein Taschentuch, und sie schneuzte sich wesentlich lauter, als es ihre delikate Erziehung zugelassen hätte.

»Von wegen Ferienclub! Von so was kann ich doch nur träumen. Klaus besteht Jahr für Jahr auf Campingurlaub. Wir müssen ja dieses blöde Schneckenhaus von Wohnwagen unbedingt ausnützen. Und er kann sich drei Wochen lang gehenlassen. Der Urlaub ist für ihn dann ein Erfolg, wenn er außer Badehose und Trainingsanzug kein Kleidungsstück braucht. Er macht seine ›netten‹ Bekanntschaften, Typen wie er, mit denen er abends ein paar Bierchen trinkt und ›philosophiert‹. Und ich bin die Blöde. Wie immer! Ich kann die Kinder dressieren und muß auf engstem Raum die Raubtiermahlzeiten zubereiten. Und den ganzen Tag bin ich am Aufräumen.«

Tatatata! Wie klang mir das alles doch vertraut, trotz der Jahrhunderte, die mich täglich mehr von solchen Erlebnissen trennten.

Was konnte ich der Freundin raten?

Sie verlangte aber keinen Rat, sondern versicherte, sie würde meinen Werdegang exakt verfolgen. Wenn ich reüssierte, so würde sie wissen, was sie zu tun hatte.

Reüssiere ich?

Als Barfrau bin ich sicher gut. Es fällt mir ziemlich leicht, mit den Leuten ins Gespräch zu kommen, und wenn ich bedenke, daß ich mir ja zeitlebens die Probleme anderer habe anhören müssen, ohne dafür bezahlt zu werden, dann ist das doch eine ganz famose Sache.

Für die Eröffnung der Konversation benutze ich, wenn der

Gast nicht von sich aus anfängt, oft die Astrologie. Na ja, ein wenig Menschenkenntnis ist da schon erforderlich. Bei Intellektuellen plaudere ich eher vom elektromagnetischen Feld. Aber die sind nicht so dicht gesät.

»Sie sind sicher ein Zwilling«, mutmaße ich beispielsweise, nachdem ich eine Bestellung aufgenommen habe.

Da fragen die wenigsten, wie ich drauf käme, sondern sie erzählen mir, daß ich so ganz ja nicht daneben läge. Sie hätten Zwilling im Aszendenten. Oder das mit dem Zwilling stimme schon in der Richtung. Also Element Luft. Und dann bekomme ich einen hochinteressanten und ausführlichen Bericht über die Qualitäten des Wassermanns oder der Waage zu hören, aus dem ich schließen muß, daß mir soeben das unvergleichliche Glück widerfährt, mich mit einer der größten Persönlichkeiten der Gegenwart unterhalten zu dürfen.

Es gibt ja so ein abgelutschtes Pauschalurteil, über das ich mich früher schon gelegentlich echauffiert habe: »Männer wollen nur *das Eine.*« Nach meinen Erfahrungen in der Benton-Bar muß ich sagen, daß das stimmt. Männer *wollen* nur das Eine: wichtig genommen werden.

Lediglich die Wege, auf denen sie versuchen, dieses Ziel zu erreichen, sind unterschiedlich.

Der eine empfiehlt sich als einmaliger Liebhaber, der zweite als genialer Geschäftsmann, der dritte als Opfer eines üblen Schicksals, an dem endlich Wiedergutmachung geleistet werden muß.

Persönliche Fragen, also Fragen, aus denen zu entnehmen sein könnte, daß sich jemand Gedanken über mich macht, werden kaum an mich gerichtet. Nur die eine, und die natürlich allabendlich mehrmals: Wann ich Feierabend hätte, und ob ich dann nicht noch …

Sehr häufig kommen diese Fragen von Hotelgästen, und sie

werden mit unterschiedlicher Beharrlichkeit vorgetragen. Im allgemeinen fällt es nicht schwer, sie lächelnd abzubiegen.
Einmal allerdings mußte mir Henry zu Hilfe kommen, denn unser letzter Gast, mein Gast, war nicht nur äußerst beharrlich, sondern auch ziemlich betrunken. Er schien von der Annahme auszugehen, er hätte mich mit den paar Drinks, zu denen er mich eingeladen hatte, gekauft.
Henry löste das Problem mit Bravour. Ein kurzer Anruf in der Halle stellte sicher, daß ihm der Mann abgenommen wurde, nachdem er ihn freundlich, aber entschieden und mit eisernem Griff vor die Bar geführt hatte.
Ich war ziemlich aufgebracht, und Henry tätschelte beruhigend meine Wange. »Wir müssen zusammenhalten. Ihr Frauen und wir Schwulen haben ja Ähnliches durchzustehen.«
Aus zweierlei Gründen schaute ich ihn verblüfft an.
»Na ja, Probleme mit Männern!«
Da ich, obwohl ich über den Scherz lachen mußte, immer noch sehr irritiert dreinblickte, fragte Henry, ob ich denn nicht gewußt hätte, daß er schwul sei.
Meine Güte, woher hätte ich das wissen sollen? Er war einer der charmantesten Männer, die mir je begegnet waren, und wenn er mit Damen an der Bar herumflirtete, konnte man ihn für den tollsten Frauenhelden halten.
»Hey, Jenny, du hast doch hoffentlich keinen Antrag von mir erwartet?«

Bei Benton haben wir Fünf-Tage-Woche, allerdings im Turnus. Wenn Henry frei hat, kommt jemand aus dem Restaurant. Ich achte darauf, meine freien Tage dann zu nehmen, wenn auch Henry nicht da ist, denn in seiner Nähe fühle ich mich sicher an der Bar.

Einmal kam Nagel mit einigen anderen Herren. Ich sah ihn, als er die Bar betrat, und war ein wenig ratlos. In meiner Not wandte ich mich an Henry, der prompt eine Lösung fand: Er ging auf die Herren zu und geleitete sie unter Aufwendung erlesenster Höflichkeitsfloskeln an einen Tisch, von dem aus sie nur den Teil der Bar sehen konnten, in dem ich mich nicht aufhielt.
»Ich behalte sie im Auge«, versprach Henry. »Aber irgendwann muß der Tag kommen, an dem dir egal ist, wer dich hier sieht.«

Ich führe ein perfektes Doppelleben.
Michael, der mich am Anfang permanent anrief und treffen wollte, band ich aus gutem Grund nicht auf die Nase, wo ich arbeite. Ich faselte was von Übersetzungsarbeiten (ist ja nicht total erlogen), damit er nicht auf Mutmaßungen verfallen mußte, ich hätte während der Ehe ein riesiges Vermögen auf die Seite gebracht.
Petra soll auch nichts erfahren. Zunächst habe ich mir ihretwegen den Kopf zerbrochen, da sie ja oft zu mir in die Wohnung kommt. Aber sie ist in einem Ausmaß mit sich selber beschäftigt, daß sie sich nicht auch noch um mich Gedanken machen kann.
Die Nachmittagsbesuche meiner Tochter freuen mich, zumal sie mich inzwischen offensichtlich als Partnerin betrachtet. Es ist allerdings immer sehr spannend, ob sie rechtzeitig geht. Ich vermeide es tunlichst, den Eindruck zu erwecken, ich hätte irgendwelche Verabredungen, denn da sie mich jetzt über ihre ganzen Affärchen ins Vertrauen zieht, würde sie von mir natürlich ähnliches erwarten.

Petra hält mich auch über die Vorgänge im trauten Heim auf dem laufenden: Marcus läßt gelegentlich von sich hören, ist aber seit Beginn seiner Grundausbildung nicht mehr nach Hause gekommen. Mit mir sei er fertig, hat er Petra gesagt; eine Mutter, die die Familie verläßt, sei eine Deserteuse. Na ja, postinfantile Reaktionen aus spätödipalen Emotionen. Mit Abschluß der Pubertät wird sich das legen.
Wie erwartet, ist Uschi-Bella im Hause Fischer eingezogen. Rund vier Wochen nach meinem Auszug.
»Die ist ja ganz schön bescheuert«, meinte Petra, aber im weiteren Verlauf der Gespräche erfuhr ich, daß Uschi immerhin gut genug ist, ihr die Haare zu richten und sie mit allem möglichen Kosmetikkram zu beliefern.
»In ihrem Job hat sie schon was los, aber sonst ist sie nicht besonders fit. Na ja, hübsch ist sie. Vielleicht hat sie Papi mit ihrer Larve geködert. Aber kannst du dir vorstellen, was sie an *ihm* findet?«
»Aber, aber! Mir solltest du eine solche Frage lieber nicht stellen.«
»Das ist doch was ganz anderes. Du hast ihn kennengelernt, als ihr beide noch jung wart. Der war früher wahrscheinlich ganz anders.«
»Ja, er war ein strahlender Märchenprinz.«
Petra lachte. »Ich glaube, Uschi hat einen Vaterkomplex.«
»Sag so was nicht! Dein Vater fühlt sich an ihrer Seite um Jahrzehnte verjüngt. Sie sind inzwischen quasi gleichaltrig. Nein, genau genommen ist er jetzt sogar jünger als sie.«
»Das verbirgt er aber recht geschickt«, lästerte Petra.
Dann ließ sie weitere Enthüllungen folgen: Uschis Begeisterung für die Küche sei überaus mäßig. Die Anschaffung eines Mikrowellenherdes sei erforderlich geworden, damit sie die Schnellgerichte auftauen kann, mit denen sie ihrem Mike den

Gaumen zu kitzeln trachtet. (Also Schwuppdiwupp auch in der Küche...)
Petra ist gerade auf Makrobiotik-Trip, und ich kann mir lebhaft ausmalen, wie die beiden Schönen miteinander in meinem ehemaligen Reich herumwursteln.
Zwar habe ich Petra vor einiger Zeit gebeten, mich mit ihren häuslichen Chroniken zu verschonen, aber wenn sie so in Fahrt kommt, ist sie kaum zu bremsen und außerdem – ich gestehe es beschämt – höchst amüsant.
»Stell dir vor, die hocken jeden Abend vor der Glotze! Und im Wohnzimmer stinkt es jetzt immer nach Nagellack, weil Uschi sich beim Fernsehen ihre Nägel lackiert. Und weißt du, warum? Das ist ihr großer Geheimtrick: damit sie nichts anfassen kann und nicht dauernd Erdnüsse oder Chips in sich hineinstopft!
Oma hat wohl zu Beginn die von mir erwarteten Reaktionen an den Tag gelegt, aber als Uschi einzog, ging sie mit ihrem Sohn hart ins Gericht. Petra gegenüber hatte sie ›unter Frauen‹ geäußert, ich hätte um mein Glück kämpfen sollen. Die Männer seien doch selber gar nicht in der Lage zu entscheiden, was gut für sie ist. (Donnerwetter! Oma, die Senior-Rebellin!)
Also ›Oma‹ darf ich jetzt wohl nicht mehr sagen, oder? Ich habe mir schon überlegt, wie ich sie anreden soll, falls ich ihr mal zufällig begegne. Damals war es mir unmöglich gewesen, eine andere als meine Mutter ›Mama‹ zu nennen. Michael hatte gemeint, ich bräuchte ja nur noch ein paar Monate zu warten, dann könnte ich ›Oma‹ sagen. Eine patente Lösung!
»Aber wenn du dann Mama zu mir sagst, erwürg ich dich!« hatte ich gedroht.
Doch in diesem wie in vielen anderen Fällen verfügte ich einfach nicht über die nötige Konsequenz.

Wenn ich jetzt daran denke, daß ich einmal überlegt habe, ›Psychologische Beraterin‹ zu werden… ziemlich genau das ist nämlich der Job, den ich bei Benton wirklich ausübe. Fast jeden Abend meint einer, er müsse mir den Roman seines Lebens erzählen.
Daß es sich dabei jeweils um sensationell einmalige Fälle handelt, die einander gleichen wie ein Ei dem anderen, bedarf wohl keiner näheren Erklärung.
Dank meiner Sprachkenntnisse bin ich in der glücklichen Lage, in dieser Beziehung sogar sehr vielen Herren behilflich sein zu können (obwohl ich manchmal den Eindruck habe, eine Nickpuppe würde es auch tun). Überdies geben sie mir die Möglichkeit, internationale Vergleiche anzustellen, die allerdings auch keine signifikanten Unterschiede zutage fördern.
Gestern nacht, nachdem ich einen jungen Amerikaner, der von seiner Freundin verlassen worden war, Trost gespendet und Mut zugesprochen hatte, fragte mich ein Herr, der wohl einiges mitbekommen hatte, ob mir dieser Job nicht lästig sei.
»Hier im Hause«, erwiderte ich lächelnd, »gibt es nur einen Job, der mir noch lieber wäre: den des Generalmanagers.«
Wir lachten und tranken einander zu. Und zum ersten Mal, seit ich in der Bar arbeite, interessierte sich ein Mann wirklich für meine Situation, meine Familie und mein Leben.
»Jenny, die Seeräuberbraut. Nennen Sie mich Mackie.«
»Gut, aber verschonen Sie mich mit Ihren fünfzig Kanonen, ich hab empfindliche Öhrchen!«
»Wir sehen uns wieder.«
»Gut möglich, ich liege hier vor Anker.«
Der Mensch, der will, daß ich ihn Mackie nenne, fragte nicht nach meinem Feierabend und machte mir auch sonst keine

Angebote, aber ich weiß, daß ich ihn wiedersehen werde, und ich freue mich darauf.

Heute abend, als ich in die Bar kam, sagte Henry, der große Boß habe angerufen, er wünsche mich zu sprechen.
Auf dem Weg zum Chefbüro überlegte ich, was ich angestellt haben könnte. Irgendwas macht man ja immer falsch. Aber mir fiel nichts Gravierendes ein.
Eine bildhübsche Blondine, elegant gekleidet, dezent geschminkt und wohlriechend, führte mich ins Allerheiligste.
Mich traf beinahe der Schlag. Im Chefsessel saß Mackie. Freundlich lächelnd. Er kam auf mich zu, reichte mir die Hand und entließ seine Vorzimmerschönheit. Dann forderte er mich per Geste auf, Platz zu nehmen. Das hatte ich bitter nötig, denn meine Knie waren ganz schwammig. Wirr schossen die Gedanken durch meinen Kopf: Das, was ich für teilnahmsvolles Interesse an meiner Person gehalten hatte, war also das Interesse des Chefs an einer Angestellten gewesen. Warum hatte Henry mich nicht gewarnt, als ich mit dem Boß sprach? Statuten hin, Statuten her, unter Kollegen hat man ja schließlich auch gewisse Pflichten!
»Ich konnte mich davon überzeugen, daß Sie als Bar-Tender ausgezeichnete Arbeit leisten, Frau Fischer.«
Tender, sagte er, nicht Bardame. Statt love me tender – I bluff you, Tender... Ich bedankte mich für das Kompliment, so schroff ich konnte.
»Ärgern Sie sich nicht über Henry, ich habe ihn darum gebeten, Ihnen nichts zu sagen. Und seien Sie mal ehrlich, hätten wir uns so prächtig unterhalten, wenn Sie gewußt hätten, wer ich bin?«

Da hatte er zwar recht, aber ich fand es trotzdem erzfies.
»Sie sind deswegen so hervorragend in dem Job, weil Sie eine gewisse Mütterlichkeit ausstrahlen, und das ist es doch, was jeder Mann sucht. Vor allem, wenn er müde und von seiner Arbeit gestreßt ist.«
Mütterlichkeit für müde Männer! Und ich hatte mich für den Vamp par excellence gehalten – oder wenigstens für die kluge Unnahbare!
»Wir würden Sie gerne behalten. Ich hätte allerdings auch nichts dagegen, wenn Sie sich für ein anderes Gebiet als die Bar erwärmen könnten.«
Ich lief rot an, weil mir plötzlich mein Kommentar von vorgestern einfiel, und auch er schien sich gerade daran zu erinnern, denn er grinste breit.
»Mein Posten steht zwar momentan nicht zur Disposition, aber vielleicht interessieren Sie sich für die Rezeption?«
Auf meinen Einwand, daß dafür doch eine jahrlange Ausbildung erforderlich sei, sagte er, daß seiner Erfahrung nach in manchen Positionen die Persönlichkeit eine wesentlich größere Rolle spiele, und er halte mich für intelligent genug, daß ich nicht allzu lange brauchte, um mich einzuarbeiten.
Das Angebot war zwar schmeichelhaft und durchaus nicht ohne Reiz, aber es würde mich dem großen Ziel, das ich ansteuere, nicht näher bringen.
»Sie können sich's ja noch überlegen.«
Ich bedankte mich und stand auf, denn ich hielt das Gespräch für beendet. Aber Herr Wagner, alias Mackie, schaute mich so intensiv mit seinen dunklen Augen an, als müsse er mir unbedingt noch etwas sagen.
»Was hielten Sie von einem Wochenende in einem unserer Hotels in einer Stadt Ihrer Wahl?«
»Mit Ihnen? Privat?«

»Mit mir. Fast privat. Vielleicht möchte ich Sie von den Vorzügen der Benton-Kette überzeugen.«
Mir verschlug es fast den Atem. Zwar ließ Wagner mich im ungewissen, ob sein Interesse an mir nicht rein beruflicher Natur war, aber da schien mir doch auch eine ganze Menge persönliches Engagement dahinterzustecken. Hoffentlich!
»Wie verträgt sich das mit den Statuten des Hauses?« fragte ich forsch, um meine Verlegenheit zu kaschieren.
»Ich kann sie in zwingenden Fällen schon mal außer Kraft setzen. Trotzdem bitte ich Sie natürlich, die Sache absolut vertraulich zu behandeln.«
»Selbstverständlich.«
»Also, wohin sollen wir uns wenden?«
Ich überlegte. Und da ich vor kurzem einen Roman gelesen habe, der in Rom spielt, sagte ich: »Nach Rom, da war ich noch nie. Außerdem ist die Stadt mir eine Revanche schuldig.«
»Inwiefern?«
»Ich habe mich in sieben Jahren Lateinunterricht mit ihr herumgequält.«
Dann sei es ja höchste Zeit, fand Wagner und fragte, ob mir das übernächste Wochenende passen würde.
O ja, alles paßte mir. Auf einer Wolke schwebend verließ ich sein Büro.

Amanda Fischer trifft mit einem gut aussehenden, sehr gepflegten, exzellent gekleideten Herrn mit exquisiten Manieren am Flughafen ein. (Bitte, wo sind die Josefs? Heute gäbe es wirklich was zu petzen!) Sie nehmen die Maschine nach Rom. Business-Class.

Champagner, was sonst? Über den Wolken tatatatatadamm-dammdada... Amanda, begehrenswert, unwiderstehlich, verliebt und verwöhnt. Glaub nicht, es gebe nur den einen! Prost!

Das war genau der Stil, der mir zusagte. Jawohl, dafür war ich geschaffen. Und im Jet plauscht sich's so nett...

Am späten Nachmittag bezogen wir unsere Suiten. Herr Wagner überließ mir die Wahl, ob ich die Fenster zur Piazza oder zum Garten bevorzugte. Wenn schon Rom, dann wollte ich nicht auf Bäume und Gras blicken, sondern auf das Leben. La dolce vita di Roma... Im übrigen hegte ich die intensive Hoffnung, daß ich nicht allzuviel Zeit damit verbringen mußte, am Fenster zu stehen.

Herr Wagner erwies sich als aufmerksamer Reisebegleiter und Stadtführer. Er ließ es sich nicht nehmen, mich stets aufs neue ins Taxi zu verfrachten, um mir all die Sehenswürdigkeiten der Stadt vor Augen zu führen.

Ich war restlos hingerissen. Auch eine weniger faszinierende Stadt hätte mich unter diesen Voraussetzungen begeistern können, aber Rom war absolut das Größte! Niemals hätte ich mir ausgemalt, daß es mich so beeindrucken könnte. Nie hätte ich es für möglich gehalten, daß in einer Stadt das Nebeneinander mehrerer Jahrtausende eine solch vollkommene Symbiose darstellen könnte.

Als Herr Wagner mich fragte, ob ich lieber im Hotel oder in einer typisch römischen Trattoria zu Abend essen wollte, fiel mir die Wahl nicht schwer. Ich entschied mich für die römische Lösung.

Das Lokal war fast bis zum letzten Stuhl besetzt. Von lauschiger Unterhaltung konnte also keine Rede sein, aber ich genoß die italienische Umgebung in vollen Zügen, ließ mich anstecken von dem Geschnatter ringsum und erzählte meinem Begleiter die ulkigsten Geschichten. Er lächelte zwar, doch schien er nicht ganz bei der Sache.

Vielleicht dachte er schon an die ›notte‹…

Beim Dessert beschlossen wir aufs neue, uns mit Vornamen anzureden. Diesmal mit den richtigen. Und als wir im Hotel ankamen, fragte Robert (erwartungsgemäß), ob ich noch etwas Zeit für ihn hätte, denn er wolle eine wichtige persönliche Angelegenheit mit mir besprechen.

Endlich! Patatajamdada! In fünf Minuten würde ich bei ihm sein.

Wie ein Pfeil schoß ich ins Bad, um mir die Zähne zu putzen und mich frisch zu machen.

Ob ich noch was anderes anziehen sollte? – Nicht übertreiben, Amanda, ruhig ein wenig die Arglose spielen!

Robert öffnete auf mein Klopfen, bat mich, Platz zu nehmen, und sagte, er wolle sich einen Cognac bestellen; ob er mir auch etwas bringen lassen dürfte?

Im Film bestellen sie an der Stelle ja immer Champagner, dachte ich leicht enttäuscht, doch da das Abendessen recht opulent gewesen war, bat ich ihn, mir auch einen Cognac zu bestellen. Er tat's.

Dann stemmte er sich mit beiden Händen (seinen wunderbar manikürten Händen – Streichelhänden…) auf die Sessellehne, senkte seine Augenlider, daß die langen Seidenwimpern dramatische Schatten warfen, und räusperte sich.

»Amanda, ich habe ein Problem. Und ich glaube, Sie sind der einzige Mensch, der mir dabei helfen kann, es zu lösen.«

O Schreck, der Arme, so schlimm sah es mit ihm aus?

»Nun, ich werde mich nach Kräften bemühen«, ermutigte ich den Leidenden.

»Ich wende mich an Sie, weil ich Ihnen grenzenlos vertraue.«

(Nur zu, mein Lieber, mach's nicht so spannend!) »Das beglückt mich.«
»Amanda, ich habe mich verliebt.«
»Ach! Jaaaa?« (Haha, darauf wär ich nie von allein gekommen...)
»Ich habe mich in einen jungen Mann verliebt, und ich brauche Ihren mütterlichen Rat.«
Meine Augen sind zwar groß, aber bislang konnte sie sicher noch nie jemand als Glotzaugen bezeichnen. In jenem Moment allerdings hätten wohl selbst die Augen von Bette Davis während ihrer ausdrucksvollsten Phase dagegen wie Schweinsäugelchen gewirkt.
Zum Glück klopfte gerade der Zimmerkellner. Ich vergaß meine gute Erziehung, mißachtete die Etikette, nahm den Cognac vom Tablett, stürzte ihn hinunter und bestellte noch einen. Robert fragte besorgt, ob mir nicht wohl sei.
Ich hing schlaff im Sessel. Ihm schien ein Licht aufzugehen. Ob ich nicht gewußt hätte...
»Nein«, röchelte ich. Zu mehr reichte die Luft nicht.
Er erweiterte meine Allgemeinbildung, indem er mich wissen ließ, daß es im Hotel- und Gaststättengewerbe ziemlich viele Homosexuelle gebe. Aber ich hätte doch nicht etwa Vorurteile? So sehr konnte er sich doch nicht in mir getäuscht haben!
Nachdem es mir allmählich gelungen war, meine Atemtätigkeit wieder aufzunehmen, versicherte ich ihm, daß ich nicht nur keine Vorurteile hätte, sondern daß es in meinem Bekanntenkreis ganz reizende Schwule gäbe (na ja, Henry war der einzige, aber darauf kam es ja jetzt nicht an).
Trotz meiner abgrundtiefen Frustration bemühte ich mich, die Lage zu analysieren. Es handelte sich um ein Mißverständnis, lediglich ein Mißverständnis!

Blutenden Herzens lauschte ich Roberts Worten. O ja, er hatte es wirklich schwer! Und wenn er jetzt meinen Rat als Mutter eines Neunzehnjährigen suchte, stand ihm meine uneigennützige Hilfe zu.
Es war schon lange nach Mitternacht, als Robert endlich auf den Gedanken kam, ich wolle auch mal schlafen gehen. Ob ich morgen um zwölf mit zum Petersplatz käme, um den päpstlichen Sonntagssegen zu empfangen? fragte er mich noch. Aber für dieses Rendezvous erteilte ich ihm einen Korb.
Die Piazza liegt verlassen da. Jetzt überqueren sie ein paar junge Leute, lachend, sich umarmend und mit herumliegenden Plastikbechern kickend. Und ich muß ungeküßt schlafen gehen.

Gegen elf Uhr heute morgen wachte ich auf. Von der Piazza drang Lärm herauf. Ich muß todmüde gewesen sein, daß ich trotzdem so lange habe schlafen können. Die Sonne drang in mein Luxusgemach, als ich die Vorhänge öffnete, und ich beschloß, im Bett zu frühstücken und meine wunde Seele noch ein Stündchen zu pflegen.
Ich hatte gerade in das erste Brötchen gebissen, als das Telefon schrillte. Robert wollte mir vor dem großen Segen noch einen guten Morgen wünschen. Wie lieb!
Dann teilte er mir mit, daß er eine geschäftliche Verabredung hätte, und fragte, ob ich mitkommen wollte. Ich zog es jedoch vor, die Zeit für einen Bummel zu nutzen. Wir verabredeten uns auf drei. Die Mitteilung, daß er zu arbeiten hatte, beruhigte mich ungemein, denn ich stellte mir vor, daß er so wenigstens einen Teil der Kosten abwälzen konnte.

Der Stadtbummel richtete mich wieder einigermaßen auf. Ich streifte durch die Stadt, hörte Straßenmusikanten zu und beobachtete Porträtmaler bei ihrer Arbeit auf der Spanischen Treppe. Dort ließ ich mir auch von einem wunderschönen, glutäugigen Jüngling die Zukunft aus der Hand lesen.
Er fand, völlig zutreffend, heraus, daß mir die ganz große Liebe noch nicht begegnet sei. Aber er stellte in Aussicht, daß ich mich nicht mehr allzu lange gedulden müsse. Na wunderbar!
Unter den Mackern, die mich anschließend im Straßencafé anquatschten, als ich meinen Cappuccino schlürfte, befand sie sich allerdings nicht.
Aber keine Sorge, Amanda. Der Richtige ist schon geboren!
Als ich mich mit Robert, dem frisch Gesegneten, traf, hatte ich meine heitere Verfassung nahezu vollständig wiedererlangt. Die Zeit, die uns bis zum Rückflug blieb, verbrachten wir in liebenswürdig-freundschaftlichem Einvernehmen. Und rein objektiv aus der Retrospektive betrachtet, war das Wochenende doch ganz reizend.

Geduld scheint nicht gerade Roberts hervorstechendste Tugend zu sein. Er will so bald wie möglich Gewißheit haben. Und weil ich ihm zu Dank verpflichtet bin, und weil auch sein offenbar grenzenloses Vertrauen mich besticht, werde ich ihm meine nächsten beiden freien Tage opfern.
Worum es geht? Robert hat in einem einschlägigen Saunaclub einen Jüngling kennengelernt, der ihm wie die Erfüllung seiner Träume erscheint. Natürlich hat er starke Vorbehalte gegen das Milieu, aber schließlich gibt es gelegentlich verirrte Schafe, die man nur wieder auf den richtigen Weg bringen

muß (damit sie sich zu prächtigen Böcken entwickeln... Amanda, bitte!).
Und mich hat Robert auserkoren als geeignete Person, um herauszufinden, ob sein Herzbube noch zu retten ist.
Natürlich habe ich ihn gefragt, ob er sich auch dann nach meinem Rat richten wird, wenn er anders ausfällt, wie er es erwartet und erhofft. Ob er nicht nur eine Bestätigung seiner Wunschträume von mir will. Das bestritt er; er könne es sich in seiner Position nicht leisten, mit Menschen zu verkehren, die nicht hundertprozentig integer seien.
Ob eine Schwulenbar der Ort ist, wo hundertprozentig integre Menschen verkehren? Na ja, warum nicht. Seit Roberts Erzählungen habe ich oft über Marcus nachgedacht. Wie würde ich reagieren, wenn sich herausstellen würde, daß mein Sohn schwul ist?
Na, das muß man sich doch mal fragen. Ist es die öffentliche Meinung, die einen beeinflußt? Oder ist die Gier nach Enkeln so übermächtig, daß den meisten Eltern die dümmste Nuß als Schwiegertochter lieber ist als ein liebenswürdiger, kultivierter Lebensgefährte des Sohnes?
Du liebe Güte, was will Robert dem jungen Mann alles bieten! Schulabschluß, Studium und Unterstützung dabei, einen guten Beruf zu ergreifen! Und all das soll von meinen Erkenntnissen abhängen. Welche Verantwortung!

Zwar hatte ich zugesagt, doch war ich mir im ersten Augenblick überhaupt nicht über die Schwierigkeiten im klaren gewesen, die mit dem ›Spezialauftrag‹ verbunden waren. Schließlich kann ich als Frau ja schlecht in einen Männerpuff gehen. Dann trat ich mich selber in den Hintern und ermahnte mich, daß mein Kopf schließlich nicht nur existiere, damit Giancarlo sich daran verkünsteln kann. Die Nuß mußte doch zu knacken sein. Das wäre ja gelacht. Schließlich konnte ich auf höchst erfolgreiche detektivische Aktivitäten zurückblicken...

Von Robert hatte ich lediglich die Karte von dem Laden, den Vornamen des Knaben und dessen (äußerst schwärmerische) Beschreibung bekommen.

Ich setzte mich mit dem Telefon vor meinen großen Spiegel (das hilft meistens, da rede ich mir ein, ich spielte mir selber Theater vor) und rief im Saunaclub an.

Eine barsche männliche Stimme meldete sich. Ich tat etwas schüchtern, druckste rum und fragte, ob es wohl möglich sei, einen der jungen Herren als Begleiter zu bekommen.

»Kommt drauf an, wen Sie wollen, die stehen nicht alle auf Frauen.«

»Oh, bitte, es handelt sich lediglich um einen Begleiter, weil ich mich als Frau in einer fremden Großstadt sonst nicht sicher fühle.«

»Das ist allein Ihre Sache, da mische ich mich nicht ein. Haben Sie irgendwelche Wünsche?«

»Ja, blond sollte er sein und blauäugig und jung.«

»Sonst noch was?«

»Na ja, nicht allzu groß, sonst bekomme ich Komplexe.«

Der Kerl am anderen Ende lachte (ziemlich dreckig). »Wolln Se 'nen Film mit dem drehen oder was?«

»Um Gottes willen, mein Herr, wo denken Sie hin?« entrüstete ich mich.

»Also, da hätten wir Toni, Patrick und Mike.«

»O ja, Patrick! So heißt mein irischer Patenonkel, das ist ein gutes Omen«, plapperte ich.

Der Typ hielt mich sicher für nicht ganz dicht.

»Der ist aber grade nicht da. Geben Sie mir den Termin und rufen Sie um acht noch mal an, dann weiß ich mehr.«

Patrick konnte sich erst am Dienstag für mich bereithalten, und so mußte Robert dafür sorgen, daß ich meine freien Tage auf Dienstag und Mittwoch legen konnte.
Das ›Honorar‹, das mir der Mensch am Apparat nannte, ließ mich trocken schlucken. Ich sah schon, daß ich vom Milieu keine Ahnung hatte. Und das als Bardame!

Ich traf Patrick, wie verabredet, im Hauptbahnhof am Blumenstand. Er war wirklich bildhüsch. Da hatte Robert nicht übertrieben. Sein charmantes Lächeln warf auch mich beinahe um, als er mir Komplimente machte und sagte, er sei auf eine beknackte Alte gefaßt gewesen, nach Brunos Informationen.
Ich schlug vor, zunächst mal was essen zu gehen. Eine gute Gelegenheit, um ins Gespräch zu kommen und ein paar Beobachtungen in puncto Kinderstube zu machen.
Den Umgang mit Besteck schien Roberts blonder Engel nicht gerade bei Knigge & Co. erlernt zu haben. Robert wäre sicher in Ohnmacht gefallen, wenn er das gesehen hätte.
»Jetzt verraten Sie mir aber mal«, bat Patrick mit vollem Mund, »was an Ihnen faul ist! Der Bruno war sicher, daß Sie im Kopf nicht ganz klar sind.« Sprach's und unterstrich seine Worte mit dem Messer in der Luft.
»Was verstehen Sie unter faul?«
»Ist so ein Gefühl, ich weiß nicht genau, aber ich komm noch drauf.«
»Na ja«, sagte ich, »wo Sie mich schon so voll durchschaut haben, kann ich's Ihnen ja verraten: Ich bin Schriftstellerin und mache Milieustudien.«
Und da ich ihn nicht gerade für einen begeisterten Bücherwurm hielt, verriet ich ihm den wohlklingenden Namen Wanda Werner und unterstellte, daß er den sicher schon ge-

hört habe. Er fiel prompt drauf rein und bestätigte, der Name komme ihm bekannt vor.
»Ja, mit Künstlern kenne ich mich aus«, erzählte er. »Zu uns kommen viele Schauspieler, von Theater, Film und Fernsehen. Aber auch Politiker. Überhaupt jede Menge Prominenz. Sie würden staunen. Und fast alle liebe, nette Familienväter…«
Hätte ich ein Weilchen insistiert, wären sicher auch Namen gefallen. So stolz war der Junge auf seine ›Bekanntschaften‹.
Nachdem er wußte, was mich interessierte, bat ich ihn, mit mir doch alle möglichen einschlägigen Lokale aufzusuchen, denn nirgends lernt man Menschen besser kennen als in ihrer gewohnten Umgebung.
Zuerst führte Patrick mich in eine Stricherkneipe. Ich muß zu seiner Entlastung anführen, daß er mich vorher eindringlich gewarnt und hinzugefügt hatte, hier komme er nur höchst selten her.
In dem Lokal herrschte ein recht rüder Umgangston, und Patrick wurde meinetwegen mehrmals blöd angemacht (»Stehste jetzt auf Tunten?« – »Ach nee, Bubi geht heut mit Mami aus«, und ähnliche Sprüche). Es war eine Stehkneipe mit einem großen Tresen. Auf den ersten Blick war nicht zu erkennen, ob da nur Männer oder auch Frauen waren, denn einige trugen Perücken und Frauenkleider.
Ein ungepflegt wirkender Jüngling im Rockerdress, der gerade von der Toilette kam, brüllte quer durchs Lokal den Wirt an: »Hey, Maxe, füll mal die Pariser im Automaten nach, oder willst du, daß wir alle an Aids krepieren?«
Nach wenigen Minuten waren wir wieder draußen. Patrick erklärte mir, daß ich jetzt einen Blick auf die unterste Kategorie geworfen hätte: Minderjährige Jungs, die aus dem Heim ausgerückt waren, Süchtige und Alte, die andernorts nicht

mehr landen konnten. Von denen sei mindestens die Hälfte infiziert.

Ich fragte ihn, ob er keine Angst vor Ansteckung habe, doch er vertraute auf seine »erstklassigen Freier« und die Schutzmaßnahmen, die er einhielt. In fünf verschiedenen Farben.

Wir gingen dann noch in einen gepflegten Schwulentreff und in eine Disco, die offensichtlich von Homosexuellen beiderlei Geschlechts frequentiert wurde.

Da wurde ich auch zweimal angesprochen, und ich muß zugeben, daß mir die eine Frau recht gut gefiel. Aber schließlich war ich ja nicht zum Vergnügen unterwegs.

Patrick allerdings schien das für sich so zu sehen. Er flirtete in alle Richtungen und erntete viel Aufmerksamkeit. Hätte ich ihn tatsächlich als Begleiter engagiert gehabt, so hätte ich mir das verbeten.

Ich fragte ihn nach seinen Zukunftsplänen. Er hatte keine. Das Geld, das er im Club verdiente, gab er aus, wie es reinkam. Und als ich wissen wollte, ob er sich nicht mal überlegt hätte, einen Beruf zu erlernen, meinte er nur: »Ich wär ja schön blöd, wenn ich mich für drei, vier Tausender im Monat abplagen würde, wo ich hier das Doppelte und mehr mit purem Vergnügen reinholen kann.« Wenn eines Tages seine Aktien sinken würden, müsse er eben sehen, daß er sich einen »Big Daddy« an Land ziehe oder eine »Mutter«, was auch nicht schlecht sei, denn Frauen seien nicht so besitzergreifend.

Patrick war übrigens durchaus darauf eingestellt, mich zu »verwöhnen«, wie er es nannte, und er scheute sich nicht, seine Qualitäten auf diesem Sektor zu empfehlen.

»Ein andermal gerne«, sagte ich, obwohl ich mir die Entscheidung zwischen fünf zur Wahl stehenden Farben nie zutrauen würde…

Er gab mir seine Karte und sagte, ich solle mich dann bei ihm persönlich melden, damit der Club nicht mitkassierte.
Ich wies ihn darauf hin, daß er ziemlich leichtsinnig sei. Ich könnte doch eine von seinem Boß angeheuerte Kontaktperson sein.
»Haha, daß ich nicht lache! So wie Sie den ganzen Abend Mund und Augen aufgesperrt haben! Das sieht doch ein Blinder, daß Sie keine Ahnung von Tuten und Blasen haben!«
Jetzt wußte ich's mal wieder.
Zweifellos habe ich an diesem Tag viel gelernt. Aber ich frage mich, ob Robert nicht auch ohne mich hätte herausbringen können, daß der Bursche als Lebenspartner für ihn unmöglich in Betracht kommt. Jedenfalls wird ihm viel Kummer erspart bleiben, wenn er sich an meinen Rat hält.
Jetzt muß ich mir nur noch überlegen, wie ich es ihm überzeugend – und nicht etwa nur schonend – beibringen kann.

Die letzten Monate sind wirklich in einem Höllentempo dahingerast. Und ich stand so unter Zeitdruck, daß ich seit einer Ewigkeit nicht mehr zum Schreiben gekommen bin.
Eigentlich kann ich mir's auch heute nicht leisten, aber das ignoriere ich jetzt einfach mal. Schließlich ist Zeitmangel das einzige, worüber ich mich ernsthaft beklagen kann. Das allein verdient ja schon, schriftlich festgehalten zu werden.
Vor einem halben Jahr war ich noch Bar-Tender (hört sich wirklich besser an) bei Benton und heute... Ja, ich habe Karriere gemacht. Na ja, um nicht gar so schamlos zu übertreiben: Ich bin auf dem besten Wege dazu. Aber ich habe schon sehr viel erreicht!
Jawohl, ich bin Chefin meiner eigenen Firma, eines aufstre-

benden Unternehmens. Ich verfüge über zwei Telefone und ein Autotelefon in meinem (geleasten) Porsche. Für die rationelle Erledigung meiner Geschäfte habe ich mir eine Computeranlage installieren lassen.
Aber der Reihe nach.
Robert, der seit dem ›Spezialauftrag‹ recht oft zu mir kam, um seine komplizierten Herzensangelegenheiten zu erörtern, hatte eines Abends, als wir überlegten, was ich mit meinen Fähigkeiten anfangen könnte, eine Idee. Es sei zwar hart, biete aber hervorragende Möglichkeiten: das Geschäft mit Immobilien.
Er setzte sich mit einem seiner Freunde, einem erfolgreichen Immobilienmakler in Hamburg, in Verbindung. Lukas, so heißt der Mensch, war schon über mich im Bilde, denn Robert telefoniert recht häufig mit ihm. So war es denn auch weniger pure Selbstlosigkeit, daß Lukas sich bereit erklärte, mich mal in seinen ›Laden‹ reinschauen zu lassen.
Was zunächst nur für ein paar Tage geplant gewesen war, dehnte sich über vier Wochen aus. Lukas quartierte mich im feudalen Gästeappartement seiner Traumwohnung ein, schleppte mich mit in sein Büro und zu Besprechungen. Er erklärte mir alles, was ich wissen mußte, mit viel Geduld.
Ebensoviel Geduld erwartete er aber von mir. Nach der Arbeit. Da verwandelte sich der knallharte Verhandlungspartner und kühle Geschäftsmann in ein sensibles Pflänzchen mit wunder Seele. Wir sprachen stundenlang über ihn und seine Beziehungsprobleme.
Für ihn durfte ich während meines Aufenthalts einige junge Männer ›begutachten‹, was ich zwar einerseits gerne tat – das war halt meine Möglichkeit, mich zu revanchieren –, andererseits hätte ich gelegentlich auch mal gerne einen Blick in ein anderes Milieu geworfen.

Manchmal faßte ich mir an den Kopf: Wie war es nur möglich, daß die Menschen sich das Leben so schwer machen konnten! Robert und Lukas, zwei nette, ja sehr nette schwule Männer, die auch gut befreundet waren – wieso konnten die sich nicht zusammentun, ein Paar werden? Warum mußten die sich ihr Leben mit so bescheuerten Bubis versauen?
»Robert ist ein unwahrscheinlich lieber und intelligenter Mensch, aber er ist halt nicht mein Typ – als Mann«, kam's von Lukas. Und Roberts Begründung hörte sich nicht viel anders an.
Ich faßte mir an den Kopf – und stellte fest, daß ich's selber bisher auch nicht besonders geschickt angestellt hatte.
Was die Immobilienarbeit anbelangt, so wurde mir zwar klar, daß da sehr viel drinsteckte, aber gleichzeitig war ich überzeugt, daß ich etwas Neues, etwas bislang nicht Dagewesenes bringen mußte, um gegenüber der harten Konkurrenz einen Fuß auf den Boden zu bekommen.
So enstand die Idee zu ›Ladymmobilien‹. Ich vermittle für Frauen, von Frauen an Frauen.
Sehr zu Hilfe kommt mir die Tatsache, daß die schwarzen Schafe in der Branche – von denen es viele gibt und vor denen sich die meisten fürchten – immer Männer sind. Als Frau habe ich also von vornherein einen gewaltigen Vertrauensbonus.
Da ich auch keinen großen Wert darauf lege, von heute auf morgen zu viel Geld zu kommen, sehen viele meiner Klientinnen in mir eher die Vertraute als die Geschäftsfrau. Sie kommen teilweise mit wirklich allem zu mir. Und selbstverständlich bemühe ich mich, ihnen zu helfen, wo ich kann.
Das Phantastische ist, daß ich auf diese Weise einen Klientenstamm erreiche, der auf herkömmliche Weise gar nicht zugänglich ist.

Die vielen Witwen, die in traumhaften Villen mit großen Gärten leben, wenden sich normalerweise nicht an Makler. Doch aufgrund der Mundpropaganda kommen sie zu mir. Ich vermittle Hausgemeinschaften, ich suche Wohnungen, die den Bedürfnissen der Damen eher entsprechen, ich verkaufe oder arrangiere Kaufverträge auf Rentenbasis.
Ein Problem, das ich in der Zukunft auf mich zukommen sehe, sind allerdings die Erben, die sich über Jahrzehnte nicht um die lieben alten Damen gekümmert haben, jedoch sehr zuversichtlich sind, daß sie eines Tages erben. Für einige von ihnen wird es ein herbes Erwachen... Doch juristisch ist alles niet- und nagelfest.
Aber auch alleinstehende Frauen, die eine billige Wohnung suchen, oder Mütter mit Kindern kommen zu mir, weil sie – wahrscheinlich zu Recht – vermuten, daß eine Frau ihr Anliegen mit mehr Engagement vertritt.
An manchen Tagen droht die Arbeit mich aufzufressen, doch ich bin überzeugt davon, daß ich gut arbeite, und deshalb kann ich mein neues Leben als ausgesprochen befriedigend bezeichnen.
Privat hat sich natürlich auch einiges getan in letzter Zeit. Eine erfolgreiche Frau ist attraktiv für Männer. Das zeigt sich unter anderem auch im Straßenverkehr in der Stadt und über Land. Zwischen der Aufmerksamkeit, die einer Frau in einem rostigen R4 und einer Frau in einem roten Porsche Targa widerfährt, liegen Lichtjahre!
Auch bekommt eine Geschäftsfrau permanent Einladungen zu gesellschaftlichen Veranstaltungen, von denen Hausfrau Fischer noch nicht einmal träumen kann, weil sie gar nicht weiß, daß es so etwas gibt: Eröffnungen, Ausstellungen, Partys, Atelierfeste bei Künstlern und Buchtaufen – und das am laufenden Band.

Bei einer Vernissage lernte ich Basil kennen, einen stillen, hochsensiblen Lehrer für Politik und Kunst.
Wir verabredeten uns für den nächsten Tag in einem Café, blickten uns tief in die Augen und fühlten uns zueinander hingezogen.
Ich erzählte ihm, ich arbeite in der Immobilienbranche, und er schloß wohl, ich sei so was wie Sekretärin. Dann sei mein Chef sicher so ein skrupelloser kapitalistischer Ausbeuter. Zwar sagte ich, er irre sich, doch er meinte, wir Frauen ließen uns doch einfach zuviel gefallen von den Männern. Als er mich einlud, ging ich mit ihm heim, denn ich wollte sehen, was er so zur Befreiung der Frau auf Lager hatte. Ich denke, es unterschied sich nicht grundlegend von dem, was weniger progressive Männer bieten, aber bei meinem eklatanten Notstand erschien es mir wohltuend. Da Basil in Gesprächen erkennen ließ, daß er ein sehr kritisches Verhältnis zum Eigentum pflegt, zog ich es vor, ihn nicht so detailliert über meine Einkommens- und Lebensverhältnisse aufzuklären.
Das war auch nicht nötig, denn die meiste Zeit sprach ohnehin nur er, und zwar über sich, seinen Beruf und seine ehemalige Lebensgefährtin Susanne.
Susanne gehört offenbar zu den seltenen Geschöpfen, die es – ganz im Gegensatz zu mir und meinen ebenfalls minder begabten Leidensgenossinnen – fertigbringen, einem Mann das Gefühl zu vermitteln, er sei ihrer ganz und gar unwürdig.
Und sie hat dafür auch ein schlagendes Argument: Sie wäre um ein Haar Königin von Schweden geworden!
Jawohl! Sie hatte sich nämlich 1972 in München ebenfalls als Olympia-Hostess betätigt. Sie war in derselben Gruppe wie Silvia gewesen. Und sie war doch jünger und ihrer Meinung nach auch hübscher als die (was jeder ihrer jeweiligen Bewunderer ihr zweifellos gerne bestätigte). Ja, und abends

hatte sie auch immer dieselbe Disco aufgesucht wie die beiden. Also bitte! Es hätte genausogut sie treffen können.
Um einer Fast-Königin das Wasser reichen zu können, muß sich ein Mann natürlich anstrengen. Basil hat es trotz zahlreicher Selbsterfahrungsseminare und einem »wahnsinnigen Sich-Einbringen in die Beziehung« nicht geschafft. Susanne war von seiner Seite an die eines wohlhabenden Süßwarenfabrikanten entschwebt, der ihr eher ein fürstliches Dasein sichern konnte als ein Lehrer.
Basil, weit davon entfernt, seiner Susanne gram zu sein, denn »wenn man das Problem hinterfragt«, lag die Schuld ja in erster Linie bei unserer »scheißbürgerlichen« Gesellschaft. Der solchermaßen Sozialgeschädigte zahlte in Raten die Schulden seiner Prinzessin ab, trauerte seiner großen Liebe nach und nährte seinen Haß auf die Kapitalisten.
Aus diesem Grunde benutzte ich, wenn ich ihn besuchte, immer öffentliche Verkehrsmittel.
Dummerweise traf er mich eines Tages, als ich gerade meinem Porsche entstieg, auf einem Parkplatz in Zentrumsnähe. Er entwickelte ein völlig unerwartetes Interesse für den Wagen, das gar nicht zu seinen bisherigen Äußerungen paßte. Als er auch noch das Autotelefon entdeckte, wandte er sich nicht etwa angewidert von mir ab, sondern war Feuer und Flamme. Er ließ nicht locker, bis ich ihn in meine Wohnung einlud.
Drei Tage später stand er mit seinem Ficus Benjamini, seinem Goldfisch und einer großen, ziemlich abgewetzten Reisetasche vor meiner Tür.
Die Tatsache, daß ich mich so »total unsolidarisch« zeigte, ihn weder »nur für eine Woche« noch »wenigstens für ein Wochenende« beherbergen zu wollen, riß unsere junge Beziehung in eine ernsthafte Krise. Daß ich mich dann auch

noch weigerte, ihm »lediglich von Freitagabend bis Samstagnachmittag« meinen Porsche zu leihen (um Susanne damit zu imponieren, während ihr Mann außer Haus weilte, wie das Herzchen mir zu allem Überfluß gestand), ließ ihn tiefste Enttäuschung über mich empfinden.

Da drohte Basil, wenn ich so wenig Toleranz und Engagement in die Beziehung einbrächte, dann müsse er wohl Konsequenzen ziehen. Ich gab ihm nicht nur recht, sondern ich bestand darauf.

Offenbar war er auch nicht der Mann, den meine Handlinien als mein großes Glück auswiesen.

Über den mäßig schmerzlichen Verlust Basils konnte ich mich allerdings schon nach kurzer Zeit mit Raffael hinwegtrösten. Raffael studiert im Zweitstudium (nach Soziologie) Philosophie, und ich lernte ihn bei einer Klientin kennen, bei der er zur Untermiete wohnte.

Er ist zwölf Jahre jünger als ich, intelligent, amüsant und schön. Wir gefielen einander vom ersten Augenblick an, und es sieht nicht aus, als habe sich daran etwas geändert. Er fragte mich zwar nicht: »Lieben Sie Brahms?«, und ich frage mich auch nicht, ob er mich liebt, aber wir haben seit einiger Zeit eine nette, lockere, sexuell befriedigende Beziehung. Er gibt mir das Gefühl, jung und begehrenswert zu sein.

Mehr suche ich nicht, denn ich habe im Moment viel zuviel anderes im Kopf. Kürzlich registrierte ich völlig perplex, daß mir der Erfolg im Beruf plötzlich wichtiger ist als das Glücksgefühl, das mir ein Partner verschaffen kann.

Es stört mich übrigens nicht, daß ich immer die Rechnung bezahle, wenn wir ins Restaurant gehen, und unsere kleinen Ausflüge finanziere ich auch gerne, denn schließlich genieße ich Raffaels Gesellschaft.

Die Schlüssel zu Wohnung und Auto möchte ich ihm aller-

dings nicht geben, obwohl er mich schon mehrmals darum gebeten hat.
Bin ich jetzt eine Chauvie?

Manchmal treffe ich mich mit Michael. Ich glaube, Uschi darf es nicht wissen. Er sieht nicht besonders gut aus, und ich frage mich, ob mich das freut oder quält. Aber ich komme zu keinem eindeutigen Ergebnis.
Wir verkehren miteinander wie alte Freunde. Haßgefühle habe ich, seit ich ihn verlassen habe, nie mehr gegen ihn verspürt. Wenn nicht alles so glatt gelaufen wäre oder wenn ich gerichtlich meine Unterhaltsansprüche hätte durchsetzen müssen, wäre es wahrscheinlich anders gekommen. Aber so erscheint es mir manchmal, als hätte Michael noch gar nicht richtig realisiert, daß ich nicht mehr seine Frau bin.
Eigentlich ist er doch ein recht netter Mensch. Zumindest auf Distanz. Wir unterhalten uns angeregt, und ich hätte nie gedacht, daß wir eines Tages dazu kommen würden, so ausgiebige Gespräche miteinander zu führen.
Sicher, Michael ist ein bißchen kleinkariert, aber da er mich jetzt nicht mehr runterzieht, sondern mich als gleichberechtigte Gesprächspartnerin akzeptiert, ja gelegentlich sogar mit Bewunderung zu mir aufblickt und mich um meine Meinung bittet, ist das ungefährlich. Unsere Treffen verlaufen jedenfalls im allgemeinen harmonisch und erfreulich.
Petra hat mir neulich zum ersten Mal einen Freund vorgestellt. Ob das darauf hindeutet, daß sie jetzt einen gefunden hat, an dem ihr wirklich etwas liegt? Nun, zumindest hege ich insgeheim den Verdacht, daß sie bei ihm mit ihrer Mutter Eindruck schinden wollte... Wie sich alles ändert!
Als ich die beiden so sah, traf mich fast der Schlag. Der Junge sieht aus wie Michael damals, als ich mich in ihn vergaffte.

Ob Geschmack erblich ist?
Da bin ich mal gespannt, was Marcus eines Tages daherbringt. Marcus macht neuerdings öfter von seinem Recht auf kostenlose Benützung der Bundesbahn Gebrauch. Er setzt seinen Fuß wieder in heimische Gefilde, ja, und er hat sogar seine verdammenswerte Mutter besucht.
Zwar war es unübersehbar, wie sehr ihn alles beeindruckte, doch ließ sein Stolz – und vielleicht auch sein sorgfältig einstudierter Text – es nicht zu, sich freundlich zu äußern. Er fummelte eine ganze Weile an meinem Computer herum (ich mußte mich sehr beherrschen, nichts zu sagen) und pfiff ein paarmal anerkennend vor sich hin, ließ ansonsten jedoch nichts dazu verlauten.
Er wollte mir seine Meinung über mein Verhalten kundtun und kam sich wohl ziemlich gut dabei vor: Er fing an, über Selbstverwirklichung zu reden; behauptete, daß das bloß ein anderes Wort für Egoismus sei. Daß es mit unserer Gesellschaft nur steil bergab gehen könnte, wenn die Frauen nicht endlich zur Besinnung kämen, ihren Egoismus aufgäben und einsähen, daß ihre Männer und Kinder sie brauchten. Nichts als seelische Krüppel wüchsen da heran…
Ich dachte, ich höre ›Oma live‹.
Du liebe Güte! So was hatte ich unter meinem Herzen getragen und an meinem Busen genährt! Wo er den Mist bloß her hatte? Ob das militärische Indoktrination oder halbstarke Wichtigtuerei war? Vielleicht beides.
»Du bist wahrscheinlich stolz auf das, was du hier erreicht hast, aber es geht auf *unsere* Kosten; und dafür verachte ich dich!«
»Ehre dein Mutterherz, solang es noch schlägt – wenn es geschlagen hat, ist es zu spät.«
Mein aufgebrachter Filius schaute mich verständnislos an.

»Das hast du als Zehnjähriger in das Poesiealbum einer Klassenkameradin geschrieben. Damals warst du einsichtiger als heute – und vor allem sympathischer.«
Er ging nicht auf meine Ironie ein, sondern beklagte sich über die häuslichen Mißstände. Der Garten verkomme total, und er habe an seinen mickrigen Wochenenden schließlich was anderes zu tun, als Unkraut zu jäten. Im übrigen hätte ich nie zulassen dürfen, daß sich diese dummgeile Pute bei meinem Mann einnistete. Wenn Oma nicht wäre, dann bekäme er noch nicht mal was Vernünftiges zu essen.
Als er sich unter Auf- und Abhüpfen seines Adamsapfels den Kropf geleert hatte, ging er zum Kühlschrank und holte sich ein Glas Milch.
Einen Augenblick lang stellte ich mir vor, ich brauchte nur hinzugehen und ihn zu umarmen, dann würde er seinen Kopf an meine Brust legen, schluchzen und versprechen, er wolle wieder lieb sein.

Es gibt auch weniger dramatische Gastspiele in meiner gemütlichen Wohnung, zu der immer häufiger frühere Freunde und Bekannte den Weg finden, obwohl ich oft nicht länger als eine halbe Stunde Zeit für sie aufbringen kann, weil ständig das Telefon klingelt.
Doris besuchte mich, glücklich strahlend. Sie habe Georg verlassen, war das erste, was sie mir verkündete. Das mußte gefeiert werden! Ich holte Champagner, und wir stießen darauf an. »Ich habe mich mit einer unwahrscheinlich netten Frau zusammengetan.«
»Das ist sicher keine schlechte Idee.«
»Wir haben eine Vierzimmerwohnung gemietet. Altbau, aber schön. Monika ist schwanger.«
»Ja? Und der Vater des Kindes?«

»Das ist Georg, hat nicht mehr so geklappt mit den beiden.« (O Schreck!) »Na, dann bleibt ja alles in der Familie, Prost!«

Eines schönen Nachmittags, als ich mir's gerade mit einem Espresso auf der Couch gemütlich machen wollte, beglückte mich Uschi mit ihrem Besuch. Offensichtlich hatte sie den dringenden Wunsch, einer reifen Frau anzuvertrauen, was ihr junges Herz bedrückte.
»Mike« würde so viel von ihr verlangen, klagte sie. Der Haushalt belaste sie furchtbar. Und sie konnte sich noch so abplagen, sie würde keine Anerkennung finden.
»Wem sagen Sie das?«
»Ja, aber Sie waren wenigstens mit ihm verheiratet.«
Aha, daher wehte der Wind! Ich wußte ja nicht, was Michael ihr erzählte, doch von mir aus hätte er sich ruhig scheiden lassen können. Für mich war es bislang nicht von Bedeutung gewesen, und ich hatte genug anderes am Hals. Und Michael hatte es anscheinend nicht eilig.
Obwohl Uschi mir ein wenig leid tat, sah ich weder eine Veranlassung, mich mit ihr zu verschwistern, noch mit ihr gegen Michael zu konspirieren.
Sie würden nie miteinander ausgehen, er wolle immer bloß fernsehen. Auch kürzlich, als sie so gerne zum Ingenieurball gegangen wäre und mit Sibylle (Skatbruders Gemahlin) ausgemacht hatte, daß sie an einem Tisch sitzen würden, hatte er gesagt, sie könne ja gehen, aber er hätte keine Lust auf Ringelpietz mit Anfassen…
Uschi war außer sich ob dieser Ungerechtigkeit, und ich riet ihr, sie solle sich halt nicht so abhängig machen von Michael, sondern auch mal was mit Freundinnen unternehmen.
Doch die waren offenbar nicht so dicht gesät. Als sie mir

schließlich unter Schluchzen mitteilte, daß sich auch im Bett nicht mehr viel abspielte, und das, nachdem sie alles für ihn aufgegeben hätte, verabschiedete ich sie höflich, aber bestimmt.

Bei unserem nächsten Treffen erzählte ich Michael nichts von Uschis Besuch. Um so mehr erzählte er von ihr.
»Sie bringt nichts fertig und meckert nur die ganze Zeit. Und dann lackiert sie sich pausenlos die Fingernägel. Ich möchte bloß wissen, was in so kurzer Zeit aus einem netten Mädchen ein übellauniges Weib machen kann.«
»Ein Mann.«
Er schaute mich groß an.
»Na ja, das müßtest du doch wissen! Das geht auch aus euren Männergesprächen und Witzen hervor: Alleinstehende weibliche Wesen sind hübsch, nett und charmant. Doch sobald sie sich mit einem Mann zusammentun, wirkt der als Katalysator, und sie werden zu Hexen.«
»Dann mußt du dich aber noch sehr verheiratet fühlen«, bemerkte er geistreich.
Als ich nicht darauf einging, streichelte er mir das Knie.
»Du bist immer noch meine Frau, Amanda. Wir könnten noch mal von vorne anfangen. Also, wenn du mich fragst, ich würde am liebsten heute noch bei dir einziehen.«
(Das würden einige gern... Oh, Michael, was glaubst du, warum ich alles hinter mir gelassen habe, warum ich so froh bin, daß ich endlich auf eigenen Füßen stehe? Das sind zwar rührende Sätze, aber sei mal ehrlich: Wie lange ginge es gut? Drei Wochen, vier? Und du würdest in den alten Trott verfallen. Freundschaft auf Distanz ist das einzige, was dich zu annehmbarem Verhalten bewegen kann. Unnötig, das zu diskutieren.)

»Das geht zwar nicht, aber ich kann dir eine hübsche Wohnung besorgen. Dann überläßt du der Jugend das Haus. Das heißt, du könntest vielleicht deiner Mutter anbieten, daß sie dort einzieht. Gartenarbeit soll ja gesund sein für alte Leute.«
(Nur nicht ernst werden und keine Gefühle aufkommen lassen!)
Für einen kurzen Augenblick hatte ich den aparten Einfall, ihn zu ermuntern, Uschi mit mir zu betrügen. Ich verwarf ihn jedoch gleich darauf als geschmacklos.

Ein Jahr Rapport genügt. Da kann mir Andrea noch so hartnäckig auf der Pelle sitzen. Der Weg in die Freiheit ist dokumentiert. – Ach nein, noch nicht ganz. Der dickste Hund kommt noch.
Gestern abend rief mich Michael an, er müsse dringend mit mir sprechen.
Eigentlich hatte ich vorgehabt, mit Raffael in eine Musikkneipe zu gehen, aber Michael wirkte so bedrückt, daß ich es nicht übers Herz brachte, ihn hängenzulassen.
Er muß einige Strafzettel wegen Geschwindigkeitsübertretung riskiert haben, so schnell war er hier.
Er sah noch weniger blühend aus als sonst in letzter Zeit und wirkte recht fahrig.
Zuerst einmal drückte ich ihn in einen Sessel und brachte ihm einen Fruchtsaft (zwölf Vitamine, ohne Konservierungsmittel).
Er trank einen Schluck. »Uschi ist schwanger.«
(Pause meinerseits, dreimaliges Schlucken) »Gratuliere!«
»Es ist nicht von mir.«
»Ach! Bist du ganz sicher?«

»Ja.«

»Interessant.«

Er schlug die Augen nieder und brachte stotternd hervor, das sei eine lange Geschichte.

»Ich habe mich vor vier Monaten sterilisieren lassen.«

»Wie bitte?«

»Ich habe mich einer Vasektomie unterzogen.«

»Das finde ich ja reizend! Ich fresse jahrelang Hormone und lasse mir fiese Drähte in den Bauch stecken, und kaum kommt eine andere daher, ist der liebe Mann plötzlich bereit, das Päckchen zu tragen.«

»Manda, das siehst du völlig falsch. Ich habe nicht Uschi zuliebe die Sterilisation vornehmen lassen, sondern…«

»Sondern?«

»…na ja, meine Mutter hat mir ständig damit in den Ohren gelegen, Uschi wolle mich sicher mit einem Kind rumkriegen.«

(Oma und die hinterhältigen Weiber… scheint wirklich ein Trauma bei ihr zu sein).

»Also, dann hab ich mir die Geschichte durch den Kopf gehen lassen und fand, das sei das geringere Übel.«

»Ist das überhaupt zulässig, ohne Einwilligung der Ehefrau?«

»Wenn man getrennt lebt, schon.«

»Wußte es Uschi?«

»Nein, natürlich nicht. Sie hat ja auch steif und fest behauptet, das Kind könne nur von mir sein.«

»Ja und, von wem ist's? Vom Schornsteinfeger?«

»Nein, bitte halt dich fest!«

»Von wem?«

»Von Marcus.«

»Welchem… unserem…?«

»Ja, von unserem Sohn Marcus.«
»Das kann nicht sein. Erst kürzlich hat er gesagt, sie sei eine dummgeile Pute.«
»Vielleicht gefallen ihm dummgeile Puten.«
Das hatte ich nicht bedacht. Aber so dumm war sie ja dann auch wieder nicht, denn die Sache war schlau eingefädelt – im Prinzip.
»Michi, wir werden Großeltern!« schrie ich in plötzlicher Erkenntnis. Und ich glaube, es hörte sich ein bißchen hysterisch an. Dann mußte ich lachen. (Bleibt alles in der Familie, Prost!)
Michael blickte mich konsterniert an.
»Wir dürfen das nicht so eng sehen. Uschi wollte unbedingt ein Kind und wird sich drüber freuen. Peinlich ist es nur für die direkt Betroffenen. Alle anderen, die von der Geschichte hören, werden sich königlich amüsieren.«
»Ja, aber ich, was soll ich machen?«
Du hast ja immer noch deine Mutter, hätte ich sagen können, doch ich verbremste es mir. »Ach, dir wird schon was einfallen«, sagte ich statt dessen. »Dem Ingeniör ist nichts zu schwör!«